TRAITTE' DV SONNET.

Par le Sieur Colletet.

A PARIS,
Chez ANTOINE DE SOMMAVILLE, au Palais, ſur le ſecond Perron de la ſainte Chapelle, à l'Eſcu de France.
Et LOVIS CHAMHOVDRY, au Palais, vis à vis la ſainte Chapelle, à l'image ſaint Louis.

M. DC LVIII.
Auec Priuilege du Roy.

A MONSEIGNEVR

FOVCQVET,

MINISTRE D'ESTAT, Sur-Intendant des Finances, & Procureur General de sa Majesté.

MONSEIGNEVR,

Dans le dessein que i'ay de me presenter à Vous, & de vous rendre ce nouuel hommage, ie ne crains pas que l'on m'accuse plustost d'implorer vostre faueur, que d'honorer vostre Vertu. Comme on sçait, depuis tant d'années que ie suis en possession de celebrer la gloire de nos Rois,

& de leurs grands Ministres, que ie n'ay iamais regardé qu'elle ; on sçait aussi que ie l'ay tousjours preferée aux interests de ma fortune, & que si i'ay donné de l'encens, ce n'a iamais esté qu'à ces Deitez visibles, qu'à ces grands Genies qui ont esté l'ornement de leur siecle, & qui seront le desir, & l'admiration des autres. Ces nobles & fideles seruices que depuis si long-temps vous rendez à l'Estat ; ces laborieux & difficiles emplois, où la longue experience des affaires importantes rendent tousjours vostre Esprit si éclairé ; cette generosité sans exemple, mais qui doit estre à l'aduenir le grand exemple de tous les Ministres genereux & bien faisans ; & toutes ces autres eminentes qualitez qui pour comble d'honneur vous acquirent la haute estime du plus grand Roy du Monde, & l'amitié précieuse de son premier Ministre, ont fait vne si forte impression sur mes sens, que ie n'ay pû resister à la juste & violente tentation de vous en rendre ce têmoignage, qui peut-estre ne sera pas moins éternel qu'il est veritable. Certes, MONSEIGNEUR, il paroist bien que le Ciel a dés vostre premiere jeunesse rêpandu dans vostre Esprit de viues semences d'honneur, puis que vos sublimes pensées en font tous les iours éclore tant de nouuelles, & d'illustres productions. Et comme vous *pouuez estre fortement persuadé que les nobles trauaux & les exercices continuels d'vn grand Ministere, passent de bien loin tout ce que la vie du plus sage Philosophe a de plus doux & de plus tranquille, c'est aussi d'vne si noble source que dériuent cette haute dignité que vous exercez si dignement dans le sacré Temple de la Iustice, & cette legitime dispensation des Tresors de la France, dont nostre grand Monarque qui ne vous a iamais destiné qu'aux grandes choses, vous a rendu le sacré Dépositaire. Et en verité, MONSEIGNEVR, vous les maniez auec des mains si pures & si nettes, qu'il paroist bien que vostre cœur n'y eut iamais d'attachement; que la Fortune n'éblouit pas toûjours tous ceux qu'elle éleue; que l'on peut estre moderé dans l'abondance, & parmy les richesses; enfin que vostre Vertu ressemble au Soleil qui fait l'or, & qui n'en vse point; ou plustost à la Terre, qui ne produit l'argent, & les autres metaux, que pour les donner aux Hommes. En effet, depuis que l'heureuse Administration vous en est commise, qui ne voit que vous la reglez auec tant de vigueur, & tant de raison, non seulement pour la gloire de l'Estat, mais encore pour l'honneur & pour le repos des Muses, qu'entre tous ceux dont la Science éclate, il y en a bien peu qui languis-*

sent dans l'ombre, & bien moins encore qui trauaillent noblement sans recompense. Ainsi l'on voit que si vous receuez du bien, ce n'est que pour en faire, & que pour en souhaiter au merite, il luy suffit de vous en souhaiter. Pour moy, MONSEIGNEVR, qui dans l'ardente passion que i'ay pour vostre vertu, vous desire tout ce qui la peut remplir, s'il est vray que tout ne soit pas au dessous d'elle; ie voudrois bien vous têmoigner mon zele par quelque present plus digne de Vous; & qu'au lieu d'vn petit Traitté de l'Art & des Vertus du Sonnet, ie pûsse vous presenter vn vif tableau de ces hautes Vertus Politiques dont vous debitez & prattiquez si heureusement les veritables Maximes. Aprés tout, si dans ce nouueau trauail mon bonheur veut que vous rencontriez quelques Obseruations qui ne vous dêplaisent pas, ie m'estimeray bien glorieux de mon procedê, aussi-bien que de vostre Approbation; puis que vostre Esprit qui ne dêdaigne pas de se promener, & de se dêlasser quelquesfois à l'ombre des Lauriers de nostre Parnasse, nous fait voir qu'il est vn si grand Maistre dans nostre Art, & dans ces nouuelles & agreables matieres que ie traitte. Quoy qu'il en soit, ie vous supplie trés-humblement, MONSEIGNEVR, de le receuoir comme l'êchantillon d'vn Ouurage la-

borieux que depuis si long-temps ie mêdite en l'honneur des Poëtes, & de la Poësie, & qui peut-estre aura bien la force de faire sçauoir à la derniere Posterité combien ie suis,

MONSEIGNEVR,

Vostre trés humble & trés-obeissant seruiteur,

G. COLLETET.

AV MESME SEIGNEVR.

SONNET.

TOut parle de FOVCQVET & de sa renõmée;
Mais afin que ce bruit dure eternellement,
Muse, romps ton silence, & d'vn discours charmant
Apprens à l'Vniuers sa vertu consommée.

Du desir de l'honneur sa belle Ame enflâmée
Trouue dans l'honneur seul son solide Element;
Son Esprit, qui meut tout, est dãs son mouuement,
Et l'Esprit du Conseil, & le Nerf de l'Armée.

Comme il n'a pour objet que le Prince, & l'Estat,
Il sert sans interest, il agit sans éclat;
Et s'il faut s'immoler, de grand cœur il s'immole.

Il est sage en tout temps, il oblige en tout lieu;
Et comme en bien parlant il garde sa parole,
Sa promesse a l'effet des promesses d'vn Dieu.

G. COLLETET.

Table des principales Matieres contenuës dans ce Discours du Sonnet.

DISCOVRS DV SONNET.

I. APRES auoir publié vn assez ample Traitté de l'Epigramme dans mon Liure d'Epigrammes Françoises, il semble que l'ordre des Poëmes dont i'ay entrepris de parler, exige de mes soins vn Traitté du Sonnet, puis qu'il approche le plus prés de l'Epigramme; & que dans la pensée de quelques vns, le Sonnet n'est autre chose qu'vne Epigramme bornée d'vn certain nombre de Vers. Aussi les plus élegans Autheurs Latins parlant de nos Sonnets François, ne leur donnent ordinairement que le simple nom d'Epigrammes, *Epigrammata*.

Du nom de Sonnet.

Ainsi le docte Iules Scaliger parlant des Sonnets amoureux de Petrarque pour son aimable Laure, les appelle, *Epigrammata amatoria.* Ainsi le sçauant & poly Nicolas Heinsius me remerciant d'vn Sonnet dont i'auois payé vne de ses belles Elegies ; *Epigrammate*, dit-il, *quo me ornasti nihil fingi potest venustius*, on ne peut rien imaginer de plus agreable que l'Epigramme dont vous m'auez honoré. Enfin le fameux Lope de Vega, au commencement de son Arcadie Espagnole, donne le simple titre d'Epigramme au Sonnet de Seluagio sur les larmes de Bersabée. Ce n'est pas que cet antique & excellent Poëte Italien, le renommé Dante, dans sa dissertation Latine de l'Eloquence vulgaire, n'ait employé vn autre mot qu'Epigramme pour désigner le Sonnet, puis qu'il l'appelle, *Sonitum*, & au nominatif pluriel, *Sonitus*, Et pour rapporter le passage d'vn Liure, qui est assez rare ; *Quidam*, dit-il, *per cantiones, quidam per Ballatas, quidam*

L'Apollon Italien.

Lil. 2 c. 3.

per Sonitus, quidam per alios irregulares modos, &c. Et vn peu plus bas, *Modum Ballatarum, & Sonituum omittentes.* Claude du Verdier, dans sa Censure Latine, appelle le Sonnet d'vn mot fort nouueau, *Sonitium*; car parlant de Ronsard, & de ses Sonnets, il en parle de la sorte. *Is Francisco Petrarcha in condendis Sonitijs, sic enim cum venia loquar, excelluit.* Enfin le sçauant Holandois Hugo Grotius l'appelle, *Sonulum*, comme ie le iustifieray tantost par son propre texte.

Mais quoy que les Latins, & quelques autres encore, luy donnent ordinairement le simple nom d'Epigramme, sur ce qu'il semble d'abord auoir quelque rapport auec elle; que nos Dictionnaires communs appellent le Sonnet vne forme d'Epigramme en langue vulgaire; que l'Autheur de l'Histoire d'Italie parlant des Liures précieux qui sont dans la Bibliotheque du Vatican, dit en termes exprés, que l'on y voit

Monet.

And. Schot.

les Epigrammes de Petrarque escri-tes de sa propre main; & que par ces Epigrammes il désigne tous ces Sonnets d'amour, dont le merite & la nouueauté le rendirent si fameux dans le monde; & finalement qu'vn de nos vieux Autheurs aye dit que la matiere du Sonnet, & la matiere de l'Epigramme sont toutes vnes; si est-ce qu'aux Esprits de discernement, le Sonnet a ie ne sçay quoy de plus serieux, de plus graue, & de plus releué que l'Epigramme qui reçoit toute sorte de sujets heroïques & populaires, serieux & enjoüez. Et ce populaire & enjoüé repugne autant à la grauité du Sonnet, qu'vne Matacinade repugne à la seuerité d'vn Magistrat, ou d'vn sacré Ministre. Ce n'est pas, comme le temps empire toutes choses, qu'on ne l'ait quelquefois consacré à d'autres matieres, & que ce vif tableau des belles passions amoureuses, & des nobles loüanges des Heros, n'ait injustement representé de lasches vaude-

Diferēce du Sonnet & de l'Epigramme.

uilles, & de noires inuectiues; qu'il n'ait mesme esté le miroir des vices & des diformitez, des Faustines, & des Laïs de nostre siecle; luy qui n'estoit destiné qu'à loüer la vertu & la beauté des Laures, & des Cassandres, des Helenes, & des Cleonices. Mais ie puis dire qu'en cela on a laschement violé sa pureté, corrompu son premier vsage, & peu connu son propre & legitime caractere. Aussi i'espere que desormais les grands Maistres de l'Art le rappelleront par leur exemple à ses fonctions ordinaires, & qu'on ne le prostituëra plus à des matieres basses, & indignes de luy.

2. Ce qu'ils feront certes auecque d'autant plus de raison & de iustice, qu'ils conserueront ainsi la pureté & la netteté que désigne l'etimologie de son nom. Car si nous en croyons Ioachim du Bellay, le Sonnet vient du mot Latin *Sonare*, sonner. Sonne-moy, dit-il, ces beaux Sonnets non moins doctes, que de plaisante in- Ethymologie du Sonnet.

uention Italienne, conforme de nom à l'Ode. En quoy cet excellent Poëte s'abuse aucunement, puis que selon l'anonyme & le seuere Censeur de ses premiers ouurages, il n'y a point de conformité de nom entre Ode, & Sonnet; le verbe *Ado*, d'où vient *Odi*, Ode, ne signifiant pas ce que signifie le verbe *Sono*, duquel vient Sonnet. Et en effet, *Adein* qui veut dire *Châter*, désigne vne voix naturelle qui part de l'homme, ou de l'animal. Mais *Sonner*, d'où vient *Sonnet*, procede d'vn Luth, d'vn Tuorbe, d'vn Clauessin, d'vne Orgue, ou de quelque autre instrument de Musique que l'artifice a formé.

Diférence du Sonnet & de l'Ode.

Du Son se fit Sonnet, du Chant se fit Chanson,

dit la Fresnaye dans son Art Poëtique François. Ce que Ioachim du Bellay auoit sans doute obserué deuant luy dans son Poëte Courtisan, où il auoit desjà dit,

Le beau petit Sonnet qui n'a rien que le son.

Et c'est aussi la pensée de nostre sçauant Gilles Ménage, lors que sur le mot de Sonnet, il dit qu'il est ainsi appellé du son que font les doubles rimes des deux premiers Quatrains. Ce n'est pas aprés tout, que prenant le Sonnet au pied de la lettre, il ne se trouue que Sonnet soit presque la mesme chose que Chanson, puis que le verbe *Sonner* d'où il est tiré, est souuent pris par nos Poëtes pour *Chanter*, comme Ronsard en a vsé dans vne de ses Odes.

Origines de la langue Françoise.

I'escriray des Vers non sonnez
Du Grec, ny du Latin Poëte.

Et dans vne de ses Elegies,

Aprés Amour la France abandonna,
Et lors Iodelle heureusement sonna,
D'vne voix humble, & d'vne voix hardie,
La Comedie, auec la Tragedie.

Aussi le Cardinal Bembo dans ses Proses diuerses, rapporte que Dante en son Traitté de la nouuelle vie, appelle vne de ses Chansons, *Sonnet*. Et le mesme Autheur parlant du

Sonnet, ne fait point de difficulté de l'appeller aucunefois *Chanſon*. Car en examinant le premier Sonnet de Petrarque,

Voi ch' aſcoltate in rime ſparſe il ſuono.

Petrarque, dit-il en ſa langue, pouuoit bien dans l'autre Vers de cette Chanſon, &c.

3. Voilà pour ce qui regarde la vraye etimologie du Sonnet. Quant à ſon antiquité, & à ſa veritable origine, ie trouue que la pluſpart de nos Poëtes François qui en ont le plus fait, ont crû qu'ils le deuoient aux beaux Eſprits d'Italie. Iacques Pelletier du Mans dans ſon vieux Art Poëtique, dit affirmatiuement, que le Sonnet n'a point de plus lointaine origine que les Italiens, auſquels il a eſté fort fréquent de tout temps. Ioachim du Bellay dans ſon Illuſtration de la langue Françoiſe, dit en termes exprés, que le Sonnet eſt vne pure inuention Italienne. Et dans vne de ſes Epiſtres liminaires, il ſouſtient, que le Sonnet d'Italien eſtoit deuenu

L'Origine & l'antiquité du Sonnet, *ſelon quelques Aut.*

L.2.c.4.

L.1.c.4.

François de ſon temps. Ce qu'il confirme encore dans vne de ſes Odes, où il en parle ainſi.

Par moy les Graces diuines
Ont fait ſonner aſſez bien
Sur les riues Angeuines
Le Sonnet Italien.

Ce qui paſſa de ſon temps pour vne verité ſi conſtante, que Charles Fontaine, ſon perpetuel & ſeuere Antagoniſte, en demeura tacitement d'accord, lors qu'eſcriuant contre luy, il luy parle en ces termes : Pour le Sonnet, qui eſt, comme tu dis, vne inuention Italienne, en eſt-il beaucoup plus à priſer? Voilà vne braue Poëſie pour mépriſer toutes les autres excellentes Françoiſes ; voulant parler des Rondeaux, & Ballades, des Lais, Virelais, Triolets, Chants Royaux, &c. Iean de la Taille, dans ſon Traitté de la maniere de faire des Vers François meſurez, le renuoye en Italie, d'où il croit qu'il ſoit venu. L'Autheur anonyme d'vn vieux Art Poëtique François, eſt dans ce meſme ſentiment, lors qu'il dit que le Sonnet n'est autre chose que le parfait Epigramme de l'Italien, comme le Dixain du François, & qu'il est emprunté de l'Italien mesme. Guillaume des Autels, dans son agreable Replique aux furieuses defenses de Loüis Maigret, dit, que Petrarque dans ses Sonnets que nous admirons tant, n'a iamais imité aucun Autheur Grec ny Latin, & que nous ne deuons pas desesperer d'en faire d'aussi bons. Estienne Pasquier luy-mesme, qui a tant trauaillé à la recherche de nos Antiquitez Françoises, se laissa emporter à cette vieille erreur, lors qu'il dit, que nous empruntâmes la façon de l'Ode des Grecs, & des Latins, & que nous tirâmes les Sonnets des Italiens. Et l'Autheur de l'Apollon Italien semble entrer dans ce mesme sentiment, lors qu'il dit, que Petrarque est reconnu pour le Pere & l'Autheur des Sonnets. Sceuole de Sainte Marthe, tout iudicieux qu'il estoit, tomba dans cette mesme béueuë apres tous les autres, lors que dans son Liure des Poësies meslées imprimé à Poitiers, in quarto, l'an 1575. il fait cette apostrophe au Sonnet.

Graues Sonnets que la docte Italie
Ha pour les siens les premiers enfantez,
Et que la France a depuis adoptez,
Vous apprenant vne grace accomplie.

Seconde opinion touchãt l'origine & l'antiquité du Sonnet.

Là-dessus il y a vne seconde opinion, qui seroit, à mon aduis, beaucoup plus soustenable que la premiere. C'est que comme il est certain que les Italiens sont redeuables de leur Poësie, & de leur rime, à nos anciens Poëtes Prouençaux, ainsi que le reconnoist le Cardinal Bembo dans ses Proses, Speron Sperone dans son Dialogue des Langues, Mario Equicola dans ses Liures de la nature d'Amour; & comme l'aduoüent encore Dante, & Petrarque, dans leurs œuures, où ils citent quantité de nos Poëtes Prouençaux; Sur ce fondement veritable plusieurs Autheurs se sont imaginez que le Sonnet est vne inuention Prouençale, & que les Italiens l'ont effectiuemẽt emprunté de cette Prouince, qui a tousjours esté fort feconde en Poëtes. De là vient que la Fresnaye en parle ainsi.

Les Sonnets amoureux des Chansons Prouençales
Succederẽt depuis aux marches inégales
Dont marche l'Elegie.

Et vn peu aprés parlant des Trobadours, ou Trouueres de Prouence, qui estoient leurs vrais Poëtes.

A leur exemple prit le bien disant Petrarque
De leurs graues Sonnets l'ancienne remarque;
En recompense il fait memoire de Rambaud,
De Foulques, de Remond, de Hugues, & d'Arnaud.

Ce qui est conforme au sentiment de Iean de Nostradamus, frere du renommé Michel, lors que dans son Recueil des Poëtes Prouençaux, il dit en termes exprés, que les rimes qu'ils ont faites & composées, ils les ent nommées Chant, Chanterel, Chanſon, Son, *Sonnet*, Vers, Mot, Comedia, Satyra, Syruentez, Tanſons, Lais, Déports Soûlas, & autres. Suiuant cela, la Chronique de Prouence parlant de Bertrand de Marſeille, Gentilhomme iſſu des illuſtres Comtes de Marſeille, qui viuoit l'an 1300. aprés auoir rapporté vn Sonnet de ce Poëte Prouençal, dit affirmatiuement, qu'il paroiſt aſſez par là que nos vieux Poëtes, & antiques Troubadours, ont eſté non ſeulement des premiers Rimeurs vulgaires, mais encore les premiers inuenteurs du Sonnet. Et en ſuite parlant d'vn autre Poëte Prouençal, nommé Guilhem des Almarics, il rapporte, & loüe hautement vn Sonnet de ſa façon que l'Autheur auoit composé en la loüange du Roy Robert, qui n'eſtoit pas ſans doute le Fils de Hugues Capet, mais bien quelque Roy de Naples & de Sicile, ou quelqu'autre Prince qui viuoit du temps de ce Poëte Prouençal, enuiron l'an 1300.

Mais celuy qui dans la pensée de plusieurs Autheurs, est le veritable inuenteur du Sonnet, c'est vn certain Girard de Bourneüil, qui mourut l'an 1278. Antoine du Verdier parlant de luy, dit, que c'est le premier Poëte qui a fait des Sonnets & Chanterels. La Croix du Maine dit, qu'il est le premier qui a inuenté les Chanterels & Sonnets. Quoy qu'en effet, selon le mesme du Verdier, il ne nasquit pas en Prouence, mais en Lymoges, d'vne noble Famille.

Véritable origine du Sõnet.

4. Mais quoy que disent tous ces fameux Autheurs touchant la premiere inuention du Sonnet, ie croy qu'il est bien encore de plus ancienne datte. Car ie trouue que Thibaut 7. Comte de Champagne, qui fit vne infinité de Chansons amoureuses en faueur de la Reyne Blanche, Mere du Roy saint Loüis, plus pour honorer la vertu de cette sage Princesse, que pour quelque affection déreglée qu'il eut pour elle, ou plustost pour exercer son esprit, témoigne qu'au-

parauant luy le Sonnet estoit déjà en vsage, puis qu'il en fait mention dans ses Vers,

Et maint Sonnet, & mainte recordie.

Or ce Thibaut, Comte de Champagne, & Roy de Nauarre, premier du nom, viuoit l'an 1226. desjà pour lors assez âgé; c'est à dire plus de six vingts ans auparauant Petrarque, qui, comme i'ay dit, estoit (selon quelques-vns) le premier Autheur des Sonnets; & enuiron soixante ans auparauant ce Bertrand de Marseille, ce Guilhem des Almarics, & ce Girard de Bourneüil, qui en ont aussi passé pour les premiers inuenteurs. Ainsi il y a bien de l'apparence que ce sont les Poëtes qui florissoient en la Cour de nos premiers Roys, qui ont les premiers inuenté le Sonnet. Et ce qui me confirme d'autant plus dans cette creance, c'est que ie trouue que le premier Autheur du fameux Romant de la Rose, Guillaume de Lorris, qui mourut l'an 1260. sous le regne du mesme Roy saint Loüis, témoigne que les François en auoient vſé, lors qu'il dit dans ſon fameux Romant,

Lais d'amours, & Sonnets courtois.

Origine de la langue Françoiſe.

L. 1. c. 8.

Ce qui obligea indubitablement le Preſident Fauchet de dire, qu'en feüilletant nos vieux Poëtes François, on y trouuera les mots dont les Italiens ſe ſeruent le plus, voire les noms & diferences de leurs rimes, *Sonnets*, Ballades, Lais, & autres. Et en vn autre lieu parlant de nos vieux Poëtes François; Nos Trouueres, dit il, prenant leur ſujet ſur les faits des vaillans Hommes, qu'ils appelloient Geſtes, de *Geſta* Latin, s'en alloient par les Cours réjoüir les Princes, meſlant quelquefois des Fabliaux, qui eſtoient contes faits à plaiſir, ainſi que des nouuelles, des Soruantois, ou Seruantois auſſi, eſquels ils reprenoient les vices cõme dãs des Satyres, Chãſons, Lais, Virelais, *Sonnets*, Ballades, traittans volõtiers d'amours, & par fois en l'honneur de Dieu; D'où ils remportoient de grãdes recompenſes des Seigneurs de la Cour, qui ſouuent leur donnoient iuſques aux robes qu'ils n'auoient gueres miſes, & que ces Trouuerres ne manquoient pas de porter aux Cours des autres Princes, pour les exciter à de ſemblables liberalitez. Heury Eſtienne eſtoit ſans doute de ce meſme ſentiment, lors qu'il dit dans ſa Preface de la précellence du langage François, que nous pouuons bien à iuſte titre oſter aux Italiens l'honneur du Sonnet qu'ils s'attribuënt fauſſement, puis que nous auions *Sonnet* auparauant qu'ils euſſent iamais penſé d'auoir *sonnetto*. Et en ſuite il dit, que Petrarque a dérobé beaucoup de belles inuentions aux Poëtes Prouençaux. A quoy il pouuoit bien encore adjouſter ce qu'a dit le meſme Fauchet, que ces Poëtes Prouençaux les auoient empruntées des Poëtes purement François, ou du moins moûlées & formées ſur leurs œuures, puis qu'il eſt vray de dire, que ces Trouuerres

& Chanterres estoient desjà en grande vogue à la Cour, du temps de Henry II. Empereur, qui mourut l'an 1056. & du temps de Henry premier, Roy de France, Fils de Robert, & petit Fils de Hugues Capet. Ce qui est effectiuement long-temps auparauant que les Poëtes Prouençaux eussent éclaté ; puis que, selon Iean de Nostradamus qui a recueilly le sommaire de leurs Vies, ils ne commencerent à paroistre que depuis l'an 1162. du temps que Frideric premier du nom, Empereur, infeoda la Prouence à Raimond Berenguier, qui auoit épousé Rixende, ou Richilde, sa niepce, Reyne des Espagnes. Aussi le premier Poëte Prouençal dont parle cet Autheur, est vn certain Iauffred Rudel, qui viuoit en ce temps là mesme. Et cette pensée s'accorde auec celle d'Estienne Pasquier, lequel ayant dit, selon l'opinion commune, que nous auions tiré le Sonnet de l'Italien, aprés auoir consulté de veritables originaux, dit, qu'il ne faut pas pourtant que les Italiens s'attribuënt l'honneur de cette gentille inuention, puis qu'ils tenoient le mot de *Sonnet* de nostre antien estoc, comme nous apprenons d'vne Chanson du Comte Thibaut de Champagne, qui estoit long-temps deuant Petrarque, Pere des Sonnets Italiens. Et en suite il allegue vn couplet des rimes de ce Comte de Champagne, qui finit par ce Vers que i'ay desjà rapporté,

Et maint Sonnet, & mainte recordie.

D'où l'Autheur de l'Apollon Italien l'a tiré pareillement; adjoustant que l'Autheur vouloit dire par là, ainsi que remarque son Commentateur, qu'il desiroit encore faire, & recorder maints beaux *Sonnets*, & maintes belles Chansons.

Petrarque.

Le Sonnet est vne inuention Françoise, et non pas Ital^ne ny Prouençale.

5. Qui ne voit donc, par ce que ie viens de dire, que le Sonnet n'est pas vne inuention Italienne, ny mesme Prouençale, mais purement Françoise, & apparemment deriuée de la Cour de nos premiers Roys, qui a

presque tousjours esté le reduit des plus beaux Esprits du monde? Ce qui est aprés tout si veritable, que dés le regne de saint Loüis, la France se pouuoit vanter d'auoir donné naissance à plus de six-vingts fameux Trouuerres ou Chanterels, comme ils appelloient alors nos Poëtes François, au nombre desquels on pouuoit mesme compter plusieurs de nos Roys, comme les Chilperics, les Charlemagnes, les Roberts, & les Philippes. Ce que le President Fauchet confirme bien luy-mesme, lors qu'il dit dans son Traitté de l'origine des Cheualiers, que l'on rimoit en France dés le temps de nos premiers Roys. Et dans son Traitté de la langue Françoise, que les Trouuerres & Chanterels estoient desjà en grand cours, du temps de Henry II. Empereur, qui mourut l'an 1056. Ce qui arriua sur la fin du regne de nostre Roy Henry premier, Fils de Robert. Et en vn autre endroit le mesme Fauchet asseure, pour l'auoir

Cl. Fauchet. ..9 de la Mes- Anar dieGre.

L.1.c.8.

veu, que l'on trouue encore plusieurs Liures en rime, où il est fait mention de Charles le Grand, & d'autres Princes de sa Cour, qui auoient de bien long-temps precedé vn certain vieux Poëte François, nommé Maistre Eustache, Autheur du Romant Brut, qui viuoit à la Cour du Roy Loüis VII. l'an 1155. & par consequent ces Liures estoient encore plus vieux que les deux Autheurs contemporains du Romant d'Alexandre Lambert, Li Cors, & Alexandre de Paris, & non pas Pierre de S. Cloot, & Iean le Neuelois, comme l'a dit faussement Geoffroy Thory de Bourges dans son Champ fleury, & aprés luy Estienne Pasquier dans ses Recherches de la France; puis qu'il est certain que ces deux derniers Poëtes François ne vesquirent qu'aprés ce Maistre Eustache, sous le regne de Philippes Auguste, Fils de Loüis VII. enuiron l'an 1193. Ie sçay bien que l'on peut icy demander, si en ce temps là mesme, & auparauant en- *L. 7. c. 3.*

* Il mesme pourroit remonter encore bien plus haut si l'on adjouste foy à Jean le Maire de Belges dans ses illustrations de gaules; et apres luy à Joachim du Bellay dans son illustration de la langue françoise, Bardus p.r Roy des gaules, fut le p.r instituteur de la Rime, et celuy qui introduisit une secte de Poetes nommez Bardes qui chantoient melodieusem.t leurs Rimes avec plusieurs instrum.ts louant les uns, et blasmant les autres.

core, les Poëtes François faisoient desjà des Sonnets de la mesme tissure que nous les faisons à present Ie réponds, qu'il est bien croyable que c'estoit la mesme chose quant à la disposition, puis que i'ay montré que les Italiens qui les auoient empruntez des Prouençaux, & les Prouençaux de nos vieux Poëtes François, les ont tousjours faits, comme nous les faisons, de quatorze Vers, par deux Quatrains, & par deux Troisins ou Tercets. Ce que ie croy d'autant plus volontiers, qu'il me souuient d'auoir autrefois veu entre les mains de Messire Guillaume Ribier, docte Conseiller d'Estat, vn gros Liure manuscrit en vieilles rimes, où il y en auoit de toutes tailles, comme ils parloient alors; & i'obseruay qu'il s'y rencontroit par cy par là des Chansons, ou petits Poëmes de quatorze Vers, auec les Quatrains de mesme couleur, ie veux dire en rimes doubles, qui estoient de veritables Sonnets.

Il eſt bien vray qu'à l'égard du Sonnet François, il en a eſté de luy comme de cette belle & fameuſe Fontaine Arethuſe, qui ſe cache preſque dés ſa ſource ſous l'eau de la Mer, d'où elle ne ſe montre qu'aprés vne fort longue traitte. Car ie trouue que depuis que les Prouençaux, & les Italiens aprés eux, ſe furent emparez du Sonnet, & qu'ils en eurent enrichy leur langue, la noſtre qui eſtoit dans ſon ancienne barbarie, & qui ne connoiſſoit pas encore les riches treſors qu'elle deuoit vn iour poſſeder, leur abandonna facilement le Sonnet, & ne retint pour elle que ces vieilles ferrailles de Poëſie, Lais, Virelais, Balades, Rondeaux, Coqs-à-l'aſne; Et ſur tout en matiere de petites pieces, les Huitains, & les Dixains, qui eſtoient le trauail & l'exercice ordinaire de nos Muſes Françoiſes. Iuſques là meſme que Sceuole de Sainte Marthe ne feint point de les appeller les legitimes Enfans des François, au mépris mesme du Sonnet, qu'il appelle estranger, lors qu'il dit.

Venez en rang, ô vous petits Huitains,
Venez Dixains, vrais Enfans de la France;
Si au marcher vous n'estes si hautains,
Vous auez bien dessous moindre apparence,
Autant de grace, & ne meritez pas
Qu'vn Estranger vous fasse mettre à bas.

Ce qui est la fin de ce Sonnet que i'ay allegué cy-dessus.

Graues Sonnets que la docte Italie, &c.

Où il paroist assez que l'Autheur auoit vn peu d'émotion & de colere, de voir que l'on préferoit desja le Sonnet à toutes ces autres petites pieces de Poësie. En quoi, sans doute, pour ne point parler des autres, il obligeoit infiniment les Partisans & les manes mesmes de Maurice Sceue Lyonnois qui auoit composé sa docte Delie toute par Huitains, qui eurent vne si grande vogue de son temps, qu'on ne vid iamais rien de plus celebre. Ce fut donc principalement à ceux-là que succederent les Sonnets, que quelques excellens Esprits qui parurent sous le regne de François premier, & de Henry second, eurent le courage & la hardiesse d'enleuer aux Poëtes Italiens, comme à de cruels & injustes vsurpateurs des richesses d'autruy.

Restaurateurs du Sonnet.

6. Ce fut donc sous le regne de ces deux grands Princes que l'on vid en France comme la resurrection du Sonnet, enseuely depuis si longtemps dans les tenebres de l'oubly. Estienne Pasquier, dans ses Recherches de la France, soustient faussement, que Ronsard dans vne Elegie à Iean de la Peruse, attribuë le premier vsage du Sonnet à Pontus de Thiart, depuis Euesque de Châlons. Car aprés auoir exactement leu cette mesme Elegie, ie trouue que Ronsard n'y parle non plus du Sonnet, que si ce genre de Poëme n'eust esté iamais en nature; Ou s'il en parle, c'est en termes fort couuerts, & qui

L. 7. c. 7.

diſent tout le contraire de ce qu'auance Paſquier. Voicy ſes propres mots, où il parle de Pontus de Thiart comme de celuy qui dans noſtre Poëſie n'auoit pas deuancé, mais ſeulement marché ſur les pas de Ioachim du Bellay.

Aprés Thiart amoureux comme luy
D'vn graue Vers ſoûpira ſon ennuy,
Qui iuſqu'alors conſumoit ſa moëlle
Pour les beaux yeux d'vne Dame cruelle.

Et le meſme Paſquier dit encore fauſſement en ſuite, que le premier qui nous apporta l'vſage des Sonnets, fut le meſme du Bellay, par vne cinquantaine, dont il nous fit preſent; leſquels, dit il, furent trés-fauorablement receus par la France. Et vn Poëte qui viuoit à peu prés de ce temps là, sembloit en quelque ſorte appuyer cet aduis, lors qu'il en parla de la façon dans vn de ſes Sonnets diuers.

Ce fut toy, du Bellay, qui des premiers en France

D'Italie attiras les Sonnets amoureux ;
Depuis y sejournant, d'vn goust plus sauoureux
Le premier tu les as mis hors de leur enfance.

Il est bien vray qu'en l'an 1549. Ioachim du Bellay publia à Paris ces cinquãte Sonnets en la loüange d'Oliue, qui estoit vne belle & vertueuse fille qu'il aimoit passionnément. Mais de soustenir que ny Thiart, ny du Bellay, fussent pour cela les premiers Restaurateurs du Sonnet, c'est ce que ie nie absolument. Ie n'en veux pour témoin irreprochable que le mesme du Bellay, qui dans la Préface de la seconde edition de son Oliue, reueuë & augmentée par l'Autheur l'an 1550. dit en termes exprés, que c'estoit à la persuasion de Iacques Pelletier du Mans qu'il auoit choisi le Sonnet, comme vn Poëme fort peu vsité iusques alors, estant d'Italien deuenu François par Mellin de Saingelais. Et en effet, il est certain, si le

Sonnet eût auparauant estê connu en France, que Maurice Sceue Lyonnois, qui à l'imitation des Poëtes Italiens s'estoit proposé de loüer sa Maistresse sous le nom de Delie, se fust bien plustost seruy du Sonnet, que de ces Dixains continuels, qui ont ie ne sçay quoy d'obscur & de tenebreux. Ce qui se rapporte au sentiment d'Estienne Pasquier, lors qu'il dit, que l'vsage des Sonnets n'estoit pas encore introduit parmy nous du temps de ce Maurice Sceue. Ainsi comme depuis le rétablissement de ce petit Poëme ie ne trouue point parmy nous de plus anciens Sonnets que ceux de Mellin de Saingelais, ie puis dire auecque raison qu'il est parmy nous sinon le premier Inuenteur, du moins le premier Restaurateur du Sonnet. Iean le Masle Angeuin, dans ses Notes sur le Breuiaire des Nobles d'Alain Chartier, demeura d'accord de cette verité, lors qu'il dit aprés du Bellay, que le Sonnet, d'Italien qu'il estoit, deuint

Frãçois par ce fameux Poëte Mellin de Saingelais. C'estoit aussi la pensée de Iean de la Fresnaye, puis que dans le premier Liure de son Art Poëtique il en parla de la sorte, soit qu'il s'en fût mieux informé, soit que sans y penser il fût tombé dans vne contradiction manifeste.

Quand desià Saingelais & doux & populaire
Refaisant des premiers le Sonnet tout vulgaire,
En Court en eut l'honneur.

Mais comme on n'en rencontre que fort peu dans ses œuures, non plus que dans celles de Clement Marot, qui en fit quelques-vns à son exemple, du Bellay fut celuy qui d'abord en composa le plus. Et ce fut aussi celuy que l'on considéra comme vn grand Maistre dans ce genre de Poëme, qui paroissoit alors tout nouueau en nostre langue; & ce d'autant plus iustement encore, que du Bellay fut le premier de tous nos Poëtes qui enrichit la fin du Sonnet de quelque pointe d'eſprit. Vn de nos vieux Poëtes du dernier ſiecle n'a pas oublié de le remarquer, quand il a dit.

Et du Bellay quittant cette amoureuſe flâme,
Premier fit le Sonnet ſentir ſon Epigramme;
Capable le rendant, comme on void, de pouuoir
Tout plaiſant argument en ſes Vers receuoir.

Ce que du Bellay reconnut luy-meſme fort ingenuëment dans la Préface de ſes œuures. Quelques-vns, „ dit-il, voyant que ie finiſſois, ou „ que ie m'efforçois de finir mes „ Sonnets, par cette grace qu'entre „ les autres langues s'eſt fait propre „ l'Epigramme Françoiſe, ils crûrent „ que i'auois imité l'Italien „ Caſſola, dont le nom ne m'eſtoit „ pas alors ſeulement connu. Et ce fut ſans doute pour cela que Iean Pierre de Meſmes, dans l'expoſition des endroits difficiles d'vne Epithalame qu'il auoit compoſée pour vn des grands ornemens de ſon illuſtre Famille, appelle du Bellay le premier Petrarque François.

7. Aprés tout il y a bien de l'apparence que ce fut la nouueauté du Sonnet, pluſtoſt que ſon propre merite, qui d'abord le fit receuoir ſi fauorablemẽt, puiſqu'on peut dire qu'il n'eſtoit encore alors que dãs la bourre & dans le berceau, comme il eſt à preſent dans ſon éclat & dans ſon Troſne. Pontus de Thiart ſuiuit donc de bien prés du Bellay dans cette nouuelle compoſition, puis que ce fut à ſon imitation qu'il compoſa ſes Erreurs amoureuſes pour Paſithée, auecque des Sonnets qu'il publia pour la premiere fois à Paris l'an 1554. Enuiron ce meſme temps Pierre de Ronſard fit imprimer à Paris plus d'vne centaine de Sonnets amoureux pour ſa belle Caſſandre, qui eurent tant de reputation, que cet excellent Eſprit Marc-Antoine de Muret ne dédaigna pas de les enrichir d'vn docte Commentaire,

Poëtes François qui d'abord compoſerẽt des Sonnets.

comme Remy Belleau, & depuis encore Nicolas Richelet, prirent le soin de commenter les amours de Marie & celles d'Helene. Sonnets & Commentaires qui pleurent infiniment à toute la Cour. Iusques là mesme que le Cardinal du Perron, grand Iuge en cette matiere, ne feint point de dire dans l'Oraison funebre de Ronsard, que les amours de cet illustre Poëte, qui consistent principalement en ces Sonnets amoureux, contenterent de telle sorte ceux qui les leurent, qu'ils ne virent iamais rien de plus agreable. Il est bien vray qu'au iugement de Pasquier, dans la Cassandre de Ronsard, il se trouue cent Sonnets qui prennent leur vol iusques au Ciel, & qui passent de bien loin tous ceux qu'il composa depuis pour Marie, & pour Helene; Sur ce que Ronsard en ses premieres amours voulut contenter son esprit, & que dans ses secondes & troisiémes il n'écriuit seulement que pour plaire aux Seigneurs & aux Dames de la Cour. Mais apres tout, s'il y a beaucoup de doctrine dans la Cassandre, ie trouue qu'il y a beaucoup plus de douceur & de délicatesse dans les autres. Ce que Ronsard reconnut franchement luy-mesme, lors qu'il dit, que sa Muse estoit blâmée à son commencement, pour estre trop sçauante & trop obscure; mais qu'il s'estoit depuis vn peu plus accommodé au sentiment du vulgaire.

Iean Antoine de Baif, qui estoit vn des plus sçauans hommes de son siecle, mais qui n'estoit Poëte François que par estude, & par contrainte, composa en mesme temps, & à l'exemple des autres, ses quatre Liures des Amours de Francine; le tout presque par Sonnets durs, & incultes au possible, imprimez pour la premiere fois à Paris l'an 1555. La mesme année Iacques Pelletier du Mans, publia à Lyon pres d'vne centaine de Sonnets amoureux, sous le titre de l'Amour des Amours, auec quelques Vers Lyriques. Estienne Pasquier publia ses Sonnets d'Amour en mesme temps; Comme l'année precedente, ie veux dire l'an 1554. Loüis le Caron Parisien, appellé depuis Charondas, auoit fait imprimer à Paris vne centaine de Sonnets amoureux pour sa belle Claire, qu'il traittoit de fille sçauante, & de Philosophe. Aussi fut-ce à elle-mesme qu'il dédia depuis ses Traittez Philosophiques, & Moraux. Mais auparauãt cela, Guillaume des Autels Iurisconsulte, & Gentilhomme Charolois, auoit hautement exalté les beautez, & le merite d'vne Dame qu'il appelloit sa Sainte, dans des Sonnets qui portoient pour titre, Repos de plus grand trauail, imprimez à Lyon l'an 1550. auecque la suite du Repos imprimée encore à Lyon l'an 1551. & cent autres Sonnets pour la mesme Dame, pareillement imprimez au mesme lieu l'an 1553. & plusieurs autres Vers Lyriques du mesme Autheur. Mais de tout ce grand nombre de Sonnets diuers, il n'y a guere eu que ceux de du Bellay qui ayent forcé le temps. Ce qu'ils n'eussent peut-estre pas fait encore, si ces Sonnets pour Oliue n'eussent esté accompagnez d'autres meilleurs qu'il composa depuis à Rome sur les antiquitez de cette Ville éternelle; & de ces autres Sonnets encore qu'il intitula, les Regrets. Car pour ce qui est de ceux de Ronsard, tout rudes qu'ils semblent à present, on peut dire que le nom, ny la memoire, n'en periront iamais au monde.

Parmy tous ces diuers & fameux Poëtes, parurent encore sur les rangs Oliuier de Magny, qui publia ses Amours de Castianire à Paris l'an 1553. & ses Soûpirs amoureux l'an 1557. le tout par Sonnets. Marc Claude de Buttet Sauoysien, qui fit imprimer aussi à Paris ses Amours d'Amalthée l'an 1560. Iacques Tahureau, qui y publia l'an 1574. ses Mignardises amoureuses pour l'Admirée, les ayant quelques années auparauant publiées dans la Ville de

Poitiers. Estienne Iodelle, dont les œuures ne furent imprimées qu'en l'an 1574. aprés sa mort. Amadis Iamin, qui fit imprimer à Paris l'an 1577. ses Sonnets pour Oriane & pour Artemis. Finalement Iean de la Peruse, Claude Binet, Sceuole de Sainte Marthe, Nicolas Rapin, Pierre de Brach, Iean de la Iessée, Nicolas Ellain, Christofle de Beaujeu, Claude de Pontous, Iacques Greuin, Pierre le Loyer, Ioachim Blanchon, Claude Turin, & quelques autres encore dont i'ay fait les Vies dans mon Histoire des Poëtes François, publierent tous enuiron ce temps-là leurs Sonnets amoureux pour leurs belles Maistresses.

Mais certes celuy qui de son temps effaça tous les autres dans ce genre d'escrire, ie veux dire dans l'artificieuse contexture du Sonnet, ce fut Philippes Desportes, Abbé de Tyron, puis que ses Sonnets amoureux pour Diane, pour Hypolite, & pour Cleonice, plûrent infiniment aux beaux Esprits de la Cour, pour leur grace naïue, & pour leur grande & nouuelle douceur. C'estoit aussi le sentiment d'vn de nos Poëtes François, lors qu'il en parloit ainsi. *La Fresnaye.*

Desportes, d'Apollon ayant l'ame remplie,
Alors que nostre langue estoit plus accomplie,
Reprenant les Sonnets d'art, & de iugement,
Plus que deuant encore escriuit doucement.

A l'exemple de Desportes, & de Ronsard mesme, Gilles Durand la Bergerie, Isaac Habert, & la Roque de Clermont, composerent des Sonnets amoureux, qui à mon gré ne cedent guere en merite à ceux de Desportes, quoy que leur reputation n'ait pas esté si grande. Mais comme les deux premiers auoient puisé les leurs dans les fecondes sources des Grecs & des Latins, & dans leur propre fonds ; le troisiéme s'appliqua entierement à l'imitation des Poëtes

Italiens. En quoy certes il marcha sur les pas de Desportes, qui dans ses Sonnets, aussi bien que dans ses autres Poësies diuerses, enrichit nostre langue Françoise des riches dépoüilles de l'Italie. Ce qui est si vray, que fort peu de temps auant sa mort, il vid auec quelque sorte de déplaisir, vn Liure contre luy, qui portoit pour titre, La conformité des Muses Italiennes & Françoises; où plusieurs de ses Sonnets François, traduits ou imitez, estoient d'vn costé, & l'original des Sonnets Italiens de l'autre.

Sonnets dégenerans.

8. Depuis cela l'on peut dire auecque raison, que le Sonnet dégenera en quelque sorte entre les mains, & par la negligence de Beroalde de Veruille, d'Ollenix du Montsacré, de Guillaume du Buis, de Timothée de Chillac, d'Antoine de Nerueze, d'Abraham Vermeil, de Flaminio de Birague, de Cholieres, de du Souhait, de la Valletrie, & de quelques autres encore, puis qu'il n'y a presque

rien de plus fade ny de plus rampant que leurs Sonnets, heroïques, ny mesme rien de plus froid que leurs Sonnets amoureux,

Le Cardinal du Perron, Iean Bertault Euesque de Sées, & François de Malherbe, le rétablirent en quelque façon, & luy donnerent de nouuelles graces. Mais comme ils n'en composerent que fort peu, on peut dire que la perfection du Sonnet n'estoit reseruée qu'à nostre siecle, qui en a produit, & qui en produit encore tous les iours vn si grand nombre de si beaux, & de si excellens, que la posterité leur fera injustice, si elle ne les considere comme des chefs-d'œuures de l'Art, & comme des modeles presque inimitables.

9. Mais comme le Sonnet est vn genre de Poëme,

Ioachim du Bellay.

Dont le branle industrieux,
Et la pesante mesure
De ses pieds laborieux,
Ne court pas à l'auanture,

qui a tousjours donné beaucoup d'e-

Sonnets fameux en nostre Lãgue.

xercice & de peine à ceux qui ont pris le soin de le cultiuer; il est arriué que de temps en temps, dans vn si grand nombre qu'on en a faits, quelques-vns ont fendu la presse, & ont signalé leur merite, ou leur bonne fortune. Et pour remonter seulement iusques à leur resurrection, & non pas à leur premiere origine, le Sonnet de Mellin de Saingelais en faueur de Pierre de Ronsard, imprimé l'an 1553. dans la seconde edition de ses Amours de Cassandre, a paru de son temps comme vn ouurage considerable, tant pour sa nouueauté, que pour son sujet, puis que ce fut effectiuement la fameuse Palinodie que fit Saingelais aprés s'estre reconcilié auecque ce grand Poëte, comme ie l'ay obserué dans l'Histoire de sa vie. Il commence ainsi.

D'vn seul malheur se peut lamenter celle
En qui tout l'heur des Astres est cõpris;
C'est, ô Ronsard, que tu ne fus épris,
Premier que moy, de sa viue estincelle.

Et le reste, que l'on peut voir encore à l'entrée de la derniere edition de ses Poësies in folio l'an 1623.

Deux autres Sonnets de Ronsard firent vn grand bruit à leur naissance. Le premier fut celuy dont il orna le frontispice de ses œuures, long temps aprés auoir chanté les Amours de Cassandre.

Va, Liure, va, débouche la barriere, &c.

Et le second est celuy dont il regala si iustement les nouuelles Tragedies de Robert Garnier.

Le vieux Cothurne d'Euripide
Est en procez auec Garnier, &c.

Ce qui est si vray, que ces deux Sonnets ont esté citez aux occasions par plusieurs bons & doctes Autheurs modernes.

Les diuers Sonnets de Ioachim du Bellay à la Reyne de Nauarre, & les Sonnets de cette grande Princesse à ce fameux Poëte, passerent de leur temps pour des productions d'esprit excellentes; & ce d'autant plus, que du Bellay estoit, comme i'ay dit, en reputation de faire aussi bien vn Sonnet que pas-vn autre de son siecle.

Son Sonnet des antiquitez de Rome, qui commence ainsi,

Nouueau venu qui cherche Rome, en Rome,

& le reste, qui n'est à dire vray qu'vne pure traduction d'vne elegante Epigramme Latine de Ianus Vitalis, éclata merueilleusement d'abord ; & ce d'autant plus, que la conclusion en est infiniment noble, & surprenante.

Ce qui est ferme, est par le temps destruit,
Et ce qui fuit au temps fait resistance.

Et en Latin.

Disce hinc quid possit fortuna. Immota labescunt,
Et quæ perpetuò sunt agitata, manent.

Où dans le premier Vers il est parlé des bastimens perissables de Rome, & dans le second de la riuiere eternelle du Tibre.

Ses autres Sonnets des antiquitez de Rome, & ses Regrets, furent en-

encore accompagnez d'vn Genie si heureux, & si fauorable, que iamais ouurage de cette nature n'a mieux esté receu du public, ny plus estimé des doctes; iusques là mesmes qu'il ne vieillit pas encore parmy nous.

Comme Oliuier de Magny qui viuoit sous le regne de Henry second, écriuoit d'vn style assez doux, & mesme assez fleury pour son siecle, il composa vn grand nombre de Sonnets sur des sujets differens. Mais entre les siens il y en eut vn qui passa pour vn ouurage si charmant, & si beau, qu'il n'y eut presque point alors de curieux qui n'en chargeast ses Tablettes, ou sa memoire. Ie ne feindray point de l'inserer icy tout entier, puisque ses œuures ne se rencontrent aujourd'huy que fort rarement. Et puis il ne faut pas mépriser ces nobles Esprits qui ont tant trauaillé à défricher nostre langue, qui estoit deuant eux si barbare, & si inculte. Voicy donc ce fameux Sonnet, qui est vn Dialogue entre l'Autheur, & le vieux Charon.

Mag. *Holà, Caron, Caron, Nautonnier infernal.*

Char. *Qui est cet importun qui si pressé m'appelle?*

M. *C'est le cœur éploré d'vn Amoureux fidelle,*

Lequel pour bien aimer n'eut iamais que du mal.

C. *Que cherches-tu de moy?* M. *Le passage fatal.*

C *Quelle est ton homicide?* M. *O demande cruelle!*

Amour m'a fait mourir. C. *Iamais dans ma Nacelle*

Nul sujet à l'Amour ie ne conduis à val.

M. *Et de grace, Charon, conduy-moy dans ta Barque.*

C. *Cherche vn autre Nocher, car ny moy, ny la Parque,*

N'entreprenons iamais sur ce Maistre des Dieux.

M. *I'iray donc malgré toy, car ie porte dans l'ame*

Tant de traits amoureux, tant de larmes aux yeux,

Que ie feray le Fleuue, & la Barque, & la rame.

Ie ne ſçay pas ce qu'en dira maintenant noſtre Cour; Mais ie ſçay bien que toute la Cour du Roy Henry ſecond en fit tant d'eſtime, que tous les Muſiciens de ſon temps, iuſques à Orlande, trauaillerent à l'enuy à le mettre en muſique, & le chanterent mille & mille fois, auec vn grand applaudiſſement, en la preſence des Roys, & des Princes. Comme ils firent auſſi la pluſpart des Sonnets de Ronſard, dont nous voyons encore la belle & curieuſe tablature faite par Orlande de Laſſus, Iean Maletti, Antoine de Bertrand, P. Certon, C. Godimel, Gabriel Bony, Nicolas de la Grotte Vallet de chambre, & Organiſte du Roy Henry III. & pluſieurs autres excellens Maiſtres de Muſique; ce qui fut comme vn heureux augure de leur éternité.

Le Sonnet que Iean Antoine de Baif compoſa ſur le ſujet du fameux Romant de la Roſe, & qui en contient en quatorze Vers tout le veritable argument, paſſa de ſon temps pour vne piece ſi rare, & meſme ſi vtile, que tous les curieux firent gloire de l'apprendre par cœur. Il commence ainſi.

Sire, ſous les diſcours d'vn ſonge imaginé,
Dedans ce vieux Romant vous trouuerez déduite
D'vn Amant deſireux la penible pourſuite,
Contre mille trauaux en ſa flâme obſtiné;
Parauant que venir à ſon bien deſtiné,
Faux-ſemblant l'abuſeur taſche à le mettre en fuite,

& le reſte, que l'on peut voir encore auec quelque ſorte de plaiſir dans le Liure des Paſſetemps de ce rude & celebre Poëte.

Entre le grand nombre des Sonnets de Philippes Deſportes, le premier de ſes Amours d'Hypolite eut vne grande vogue parmy nous, tant pour la delicateſſe de l'expreſſion, que

que pour la force des penſées. Il commence ainſi.

Icare eſt cheut icy, le ieune audacieux.

Ce qui n'eſt aprés tout qu'vne pure verſion de ce Sonnet Italien de Sannazar.

Icaro cadde qui queſt' onde il ſanno, &c.

Cet autre Sonnet de Deſportes ſur vn bracelet de cheueux, dont ſa Maiſtreſſe Diane luy auoit fait preſent, paſſa de ſon temps encore pour vn excellent Sonnet. En voicy le commencement.

Cheueux, preſent fatal de ma douce contraire.

Et le reſte, qui eſt vne imitation d'vn autre Sonnet Italien du Cardinal Bembo, qu'Eſtienne Paſquier imita pareillement, comme on le voit dans ſes Amours, & dans le ſeptiéme liure de ſes Recherches de la France, où il le rapporte encore. Mais le docte Henry Eſtienne, dans ſon liure de la précellence du langage François, prouue clairement par la conference qu'il fait de ce meſme Sonnet

François auecque son original, que dés ce temps-là la langue Italienne n'auoit nul aduantage sur la langue Françoise. Que diroit donc aujourd'huy ce sçauant homme, s'il la voyoit dans la pompe & dans la majesté où nous la voyons à present? Ne l'égaleroit-il pas du moins à la Grecque, & à la Latine, qui ont remply tout le monde de leurs magnifiques ouurages, dont la longue durée ne cedera point à celle du monde mesme?

Ie me souuiens qu'vn homme de merite & de condition, qui sçauoit tous les secrets & toutes les intrigues de la vieille Cour du Roy Henry 3. m'a dit autrefois, qu'au iugement de ce Prince, qui estoit le plus eloquent homme de son Royaume, & l'vn des plus grands connoisseurs des belles choses, ce Sonnet de Desportes,

Beaux nœuds, crespés & blonds, nonchalamment espars, &c.

estoit vn des plus polis & des plus elegans des Amours de Diane. Heureux siecle, où les Princes ne regnoient pas moins sur nostre Parnasse, que sur leur propre trosne! & où les mesmes mains qui cultiuoient si heureusement les nobles fleurs de lys, ne dédaignoient pas de cultiuer encore les beaux lauriers des Muses! I'adjousteray encore en faueur de Desportes, ce que Pasquier dit si aduantageusement de luy, & de ses autres Sonnets amoureux tirez des Italiens, qu'en les opposant les vns aux autres, il seroit bien mal aisé de iuger qui est le presteur, ou l'emprunteur. Ce qui montre assez éuidemment & l'adresse & la facilité du Poëte, & tout ensemble l'elegance & la pureté de nostre langue.

Honnoré Laugier de Porcheres, que la mort a depuis peu rauy à la France, & à l'Academie Françoise, dont il estoit vn vieux & fameux ornement, composa autrefois sur les beaux yeux de la Duchesse de Beaufort, Maistresse du Roy Henry 4. vn certain Sonnet, dont la reputacion s'épandit tellement par la France, qu'il en fit naistre vne infinité d'autres à son imitation, & formez sur son mesme modele. Mais ce qui estoit alors vne piece rare & excellente, seroit aujourd'huy fort bas & fort commun, & pouroit mesme tomber dans le ridicule, du moins en ce genre de Poësie de Sonnets & de Stances, qui presque ne consistoient alors qu'en certaines pointes affectées, qu'en redites pueriles, & qu'en petites cheutes & contrebatteries de mots, dont les intelligens & les veritables Poëtes se mocquoient auecque tant de raison; comme ie l'ay obserué dans les œuures de quelques-vns d'entr'eux. Ce fameux & défectueux Sonnet commençoit ainsi.

Voyez les Poësies diuerses du sieur Colletet, p. 189. de l'impression de Paris.

Ce ne sont pas des yeux, ce sont plustost des Dieux,
Ils ont dessus les Roys la puissance absoluë;
Dieux non, ce sont des Cieux, ils ont la couleur bleuë,

Et le mouuement promt comme celuy des Cieux.

On le peut voir entier dans tous les diuers Recueils de Poësies Françoises imprimez en France depuis sa premiere edition, iusques en l'an 1618. car depuis ce temps, la memoire s'en est perduë. Et certes d'autant plus iustement, que nostre siecle délicat & raffiné a fait voir des productions d'esprit plus fortes & plus solides, & i'ose bien dire encore plus ingenieuses & plus agreables.

Il y a bien peu d'hommes curieux des beautez de la Poësie Italienne, qui ne connoissent le nom d'Annibal Caro. Ce Poëte, parmy tant d'autres beaux Sonnets de sa façon, composa vn certain Sonnet amoureux qui fut infiniment bien receu, & qui sembla dés sa naissance porter le veritable caractere de l'immortalité. Il commence ainsi.

Eran l'aer tranquillo, & l'onde chiare
Sospirana fauonio.

Et le reste, qui est aussi éclatant que

l'Aurore & le Soleil dont parle cet excellent Autheur. Mais comme il l'auoit imité de l'ancien Poëte Latin Quintus Catulus, qui viuoit dans le siecle de la belle & pure Latinité, plusieurs de nos Poëtes François prirent à tasche de le traduire, ou de l'imiter. Et quiconque voudra voir les excellentes coppies d'vn si excellent original, n'a qu'à consulter nostre sçauant Gilles Ménage dans son agreable Dissertation sur les Sonnets de la belle Matineuse, puis que c'est là qu'il les rapporte fidelement, & tous entiers, auecque des Obseruations curieuses.

Ie croy qu'aprés auoir parlé de ces Sonnets de reputation, il n'y a personne qui n'attende de moy quelque reflexion sur deux autres Sonnets qui de nostre temps ont partagé toute la Cour, & diuisé iusques à la Maison Royale; ie veux dire ces deux Sonnets amoureux, & riuaux, l'vn pour Vranie, & l'autre sur le sujet de Iob, qui ont donné à leurs diuers partiſans le nom d'Vranins, & de Iobe-lins. Mais puis que noſtre illuſtre Amy, Loüis de Balzac, les a ſi exa-ctement, & ſi doctement examinez dans vn Traitté qu'il en a fait exprés, ſous ce titre, Remarques ſur les deux Sonnets, mon Lecteur peut auoir re-cours au trauail d'vn ſi rare Eſprit; & ie m'aſſeure qu'il y trouuera toute la ſatisfaction que l'on peut eſperer d'vne docte & diuertiſſante lecture.

Mais dans ce Traitté du Sonnet dont i'ay deſjà donné quelques exem-ples, il me ſemble qu'il eſt bien temps de paſſer aux preceptes, & de parler de ſa veritable compoſition, en faueur de ceux qui n'ont pas tant approfon-dy cette matiere. Car pour ce qui eſt des Maiſtres de l'Art, ie ſuis bien d'aduis qu'ils trauaillent pluſtoſt à nous donner de beaux Sonnets, qu'à nous enſeigner l'art d'en faire, puis que l'vn prouient de la belle & agrea-ble imagination du Poëte, & l'autre du trauail ennuyeux d'vn ſimple Grammairien, ou tout au plus d'vn

Maistre en Rhetorique.

Définition du Sonnet & de sa compositiõ, de ses vertus, & de ses vices.

10. Le Sonnet donc est vn petit Poëme de quatorze Vers, diuisé en quatre couplets ; à sçauoir, en deux Quatrains vniformes, & en vn Sixain, & le Sixain en deux Tercets, artistement enchaisnez ensemble ; qui tous doiuent estre doux, & forts, délicats, & fleuris autant qu'il est possible, & que la matiere le demande. Pour estre encore excellent, le Sonnet doit auoir deux ou trois belles conclusions. Car de tous nos Poëtes, celuy-là, selon mon goust, emportera le prix du Sonnet, qui dans le huitiéme Vers contentera de telle sorte son Lecteur, qu'il semble que ce soit vne production acheuée; puis rencherissant sur tout ce qu'il aura dit, couronnera son petit ouurage d'vne fin heureuse, & d'vne pointe d'esprit d'autant plus surprenante, qu'elle dira ce qui n'a iamais esté dit, ou l'exprimera d'vne grace toute nouuelle. Quelques-vns ont crù que le Sonnet est vne espece de

ſyllogiſme, ou d'argument en forme, dont les deux Quatrains tiennent lieu des deux prémices, comme ils parlent en termes de l'Eſcole, & que le Sixain en eſt comme la concluſion. Cela veut dire que le Sonnet, pour eſtre bon, doit eſtre vn raiſonnement perpetuel, continué puiſſamment, & nettement, iuſques à la fin, que l'on attend, & que l'on conſidere comme celle qui fait preſque touſjours le bon, ou le mauuais deſtin de ce petit Poëme. Mais ſur tout il faut le conduire auec tant d'adreſſe, qu'encore qu'il ſoit vn pur effet de la Nature, & de l'Art, l'Art y ſoit caché de telle ſorte, qu'il ne paroiſſe aucunement, ou du moins qu'il n'y ait que les intelligens & les Maiſtres qui le puiſſent découurir. Adjouſtez à cela la ſujettion de la rime double & riche, capable de dégouſter ceux qui ne ſont encore qu'initiez dans les ſacrez myſteres de noſtre Poëſie. Mais comme il n'eſt preſque rien d'impoſſible à celuy qui aime, on peut dire que dans les beaux Arts il n'y a point de difficulté, qu'vn bel Esprit ne puisse surmonter à force de trauail, & de perseuerance.

Les huit premiers Vers du Sonnet sont donc diuisez en deux Quatrains que i'appelle vniformes, ou de deux couleurs seulement, ie veux dire qui se ressemblent en rime; quatre d'vne, & quatre d'autre; si bien que les Vers de chaque Quatrain sont tellement assis, que le premier symbolise auecque le quatriéme, le cinquiéme auecque le huitiéme, & les deux du milieu demeurent joints en rime plate, c'est à dire continus, & non entrelassez. Les six derniers Vers reçoiuent vne diuerse assiette, mais presque tousjours les deux premiers Vers du Sixain symbolisent ensemble en mesme rime. Le quatriéme Vers, & le cinquiéme, fraternisent ou s'accordent ensemble en rime plate, differente pourtant de la premiere ; & le troisiéme, & le sixiéme, ont encore vne rime differente des autres. Ce que l'on peut voir clairement dans ce Sonnet de Iean Bertaut ſur la mort d'vn braue, & genereux Seigneur.

Guerrier, qui te rendant ſi fameux par la terre,
Et de tous admiré, mais de bien peu ſuiuy,
Sage Achille François, qui viuant m'as ſeruy
De conduite & d'exemple aux hazars de la guerre.
Ie préuoy qu'enfermant au ſein de cette pierre
Ton cœur qui me reſta quand la mort t'eut rauy,
Les Vaillans y viendroient honnorer à l'enuy
Et ſa muette cendre, & le lieu qui l'enſerre.
C'eſt pourquoy quelque ioye adoucit mes regrets,
Et fait que mainte fleur rit parmy les Cyprés,
Qui de mon iuſte deüil te rendent témoignage.

Puissay-je, ô grand Guerrier, ta vertu m'inspirant,
Témoigner par effet que tu m'as en mourant,
Aussi-bien que ton cœur, resigné ton courage.

Voilà pour ce qui concerne la fabrique ordinaire du Sonnet. Ce n'est pas que l'on ne le varie quelquefois, & que les huit premiers Vers ne soient entrelassez de telle façon, qu'il n'y en ait pas vn en rime plate, & que quant au Sixain il n'y en ait que les deux premiers Vers en rime plate & continuë, le troisiéme symbolisant auecque le cinquiéme, & le quatriéme auecque le sixiéme. Tesmoin ce Sonnet de Philippes Desportes, que ie cite d'autant plus volontiers icy, que quelques-vns qui n'ont leu ny les Poëtes anciens, ny les modernes, s'imaginent que cette croisure ou entrelassement de Vers, & particulierement au Sixain, soit vne pure inuention de nostre temps. C'est le troisiéme des Amours d'Hypolite.

Vénus cherche son fils, Vénus toute en colere
Cherche l'aueugle Amour par le monde égaré ;
Mais ta recherche est vaine, ô dolente Cythere,
Il s'est ouuertement dans mon cœur retiré.
Que sera-ce de moy ? que me faudra-t'il faire?
Ie me voy d'vn des deux le courroux preparé,
Egale obeïssance à tous deux i'ay iuré,
Le Fils est dangereux, dangereuse est la Mere.
Si ie recele Amour, son feu brûle mon cœur ;
Si ie décele Amour, il est plein de rigueur,
Et trouuera pour moy quelque peine nouuelle.
Amour, demeure donc en mon cœur seurement ;
Mais fay que ton ardeur ne soit pas si cruelle,

Et ie te cacheray beaucoup plus aisément.

Plusieurs de nos anciens Poëtes ont encore entrelassé les Vers du Sixain de telle sorte, que le premier Vers rime auecque le troisiéme & le cinquiéme ; & le second auecque le quatriéme & le sixiéme. D'autres ont fait rimer le premier Vers auecque le quatriéme & le sixiéme ; & le second auecque le troisiéme & le cinquiéme. D'autres encore ont fait rimer le premier auecque le quatriéme ; le second auecque le cinquiéme ; & le troisiême auecque le sixiéme. Et tels sont les trois premiers Sonnets de Ioachim du Bellay pour Oliue, & ainsi des autres, dont on peut voir l'agreable diuersité dans les œuures du mesme du Bellay, dans Ronsard, dans Baif, dans Belleau, & dans Desportes. Mais comme tous ces Sonnets n'ont esté formez que sur le modele des Italiens, qui y ont trouué quelque grace en leur langue ; nos Poëtes François, qui n'ont pas l'oreille moins délicate pour la leur, ont trouué en cela ie ne ſçay quelle rudeſſe, & ie ne ſçay quel bäaillement qui leur a tellement déplû, qu'ils ſe ſont preſque touſiours tenus à ces deux premieres façons de conduire & d'entrelaſſer leurs Vers du Sonnet; & touſiours auecque l'exacte, & inuiolable obſeruation des Vers maſculins & feminins.

Au reſte, ce noble & petit Poëme, que quelques-vns appellent vn petit & vray chef-d'œuure de l'Art, pour eſtre parfait en ſon genre, doit eſtre conduit de telle ſorte, qu'auecque l'elocution pompeuſe & magnifique, & pourtant naturelle, & non contrainte, le premier Quatrain ait ſon ſens acheué; le ſecond de meſme; le premier Tercet, ou Troiſain, le ſien à proportion, & autant qu'il ſe peut; & le ſecond Tercet, ou Troiſain, le ſien tout à fait encore. Ce que nos anciens Poëtes n'ont pas ſi religieuſement obſerué.

Quelques Autheurs modernes,

mais en cela moins Poëtes que Grammairiens, veulent que le Sonnet commence tousjours par vn Vers feminin, & tousiours finisse par vn Vers masculin. Mais ie ne voy pas que nos plus excellens Poëtes ayent iamais prattiqué cette regle nouuelle, bizarre, & sans doute chimerique, puis qu'il se rencontre indiferemment dans leurs œuures des Sonnets de diferentes manieres. Aussi n'est-ce pas là certes vne des loix inuiolables ny essentielles du Sonnet. Au contraire, dans vn grand nombre de Sonnets, ie tiens qu'il est à propos de les varier, pour ne point tomber dans vne égalité ennuyeuse, & pour ne point trop lasser l'oreille, ny la patience du Lecteur. Et c'est à peu prés ce que i'ay fait moy-mesme dans cette multitude de Sonnets, tant amoureux, que d'autres, que l'on peut voir dans mes premieres œuures. Car quant à mes secondes, i'auouë ingenuëment, que ie n'ay peut-estre en cela paru que trop dificile, & trop ſeuere.

Aprés auoir dit que le Sonnet eſt vn petit Poëme de quatorze Vers, i'adjouſte qu'il eſt en la liberté du Poëte de le compoſer en Vers heroïques, ou de douze ſyllabes ; d'en faire de dix ſyllabes, & meſme de huit, tel que celuy de Malherbe.

Plus Mars que Mars de la Thrace, &c.

Ou comme celuy-cy que i'ay fait autrefois pour vne belle, & vertueuſe Dame.

Que Loüis s'arme, & qu'il s'appreſte
D'aller punir les factieux ;
Et que ce Prince glorieux
Faſſe conqueſte ſur conqueſte.

Et le reſte, que les Curieux peuuent voir dans la derniere edition de mes premieres œuures, publiées pour la quatriéme fois à Paris cette meſme année 1656. ſous le titre des Poëſies diuerſes de Colletet. Ce que i'obſerue auec d'autant plus de raiſon, qu'en cela ie pretends refuter l'erreur d'vn vieux Art Poëtique François, qui parlant du Sonnet, dit pré-

pag. 253.

cisement, qu'il n'admet suiuant son poids, que les Vers de dix syllabes; ce qu'il soustenoit peut-estre ainsi, pour ne pas s'êloigner du sentiment de Clement Marot, qui ne les fit que de cette seule mesure de Vers, de dix syllabes. Ce qui n'a point esté regulierement obserué par les Poëtes qui l'ont suiuy.

Aussi comme la pluspart des Sonnets de Ronsard pour Cassandre, sont en Vers de dix syllabes; les Amours de Marie, & les Amours d'Helene, sont de douze. Et veritablement c'est la mesure la plus ordinaire des beaux Sonnets, tels que l'on en void plusieurs de nostre temps. Ce n'est pas qu'il n'y ait des Autheurs d'ailleurs trés-recommandables, qui dans les leurs croyent d'en auoir trouué le secret, & le raffinement. Mais à mon grè ils ne sont pas encore arriuez au poinct de la perfection qu'ils pretendent auoir acquise; puis que, comme i'ay dit, ce n'est pas tout de faire de beaux

Vers, pompeux, & magnifiques, il les faut encore faire naturels & clairs, libres & ſans contrainte. Et ainſi nous pouuons iuſtement dire d'eux, ce que Seneque le Philoſophe diſoit de ces demy-Sages, qui euſſent pû paruenir au ſupréme degré de la Sageſſe, s'ils n'euſſent pas crû d'y eſtre deſjà paruenus.

Puto multos ad ſapientiam potuiſſe peruenire niſi putaſſent perueniſſe.

Car ceux-cy euſſent poſſible eſté de grands Maiſtres dans le Sonnet, s'ils ne ſe fuſſent pas deſjà imaginez de l'eſtre; & ie trouue dans la pluſpart de leurs Sonnets des duretez ſi inſuportables, & des obſcuritez ſi affectées, qu'on leur pourroit dire auecque iuſtice ce mot ſi connu, *fiat lux*, que la lumiere paroiſſe. Ce que ie ne dis pas tant pour les accuſer eux-meſmes, que pour deſtourner les autres de ſe les propoſer pour de parfaits modeles à imiter, & pour témoigner encore la difficulté qu'il y a de reüſſir parfaitement dans la composition d'vn veritable Sonnet, que l'on peut appeller non pas le plus grand effort de l'esprit humain, comme l'appellent bizarement quelques-vns, mais vne des plus belles fleurs du parterre des Muses, selon mesme le sentiment de Ronsard, quand il disoit,

Petits Sonnets bien faits, belles Chansons petites,
Sont les fleurs des Carites.

Et Thomas Sibyllet parlant de nos mesmes Sonnets, les appelle Poëmes de premier prix entre les petits. Et en effet, on peut croire que des Sonnets bien faits donneront tousjours beaucoup de gloire à leur Autheur. Ce que Balzac a fort bien obserué dans vne de ses belles Lettres, où il dit en termes exprés, comme le Sonnet est le chef-d'œuure de la Poësie Toscane, qu'en Italie les Poëtes Epiques n'ont point fait quitter le premier rang à Petrarque, qui n'a presque fait que des Sonnets. Et voilà sans doute beaucoup éleuer le merite du Sonnet.

Mais quelque estime que Ronsard fasse des Sonnets bien faits, ce n'est pas apres tout que dans ses Sonnets amoureux, où il marchoit sur les pas de François Petrarque, il ait tout à fait excellé en ce genre d'escrire. Et c'est aussi la pensée de Claude du Verdier dans sa Censure Latine, où il dit, qu'encore qu'il l'emporte sur Petrarque mesme, il n'a pas fait toutefois vn ouurage acheué, *nec in ea re est omnibus numeris absolutus*. Et en suite il accuse le docte Muret d'erreur, & de folie mesme, d'auoir toûjours soustenu dans ses Commentaires sur les Sonnets de Ronsard, que ce grand Poëte n'auoit puisé ses tresors que dans les fecondes sources des Grecs & des Latins, qu'il auoit pris à tasche d'imiter. Mais comme en cela du Verdier se contredit luy-mesme, lors qu'il soustient, qu'en matiere de Sonnets, Ronsard l'emporte de bien loin sur Petrarque, qu'il auoit suiuy pas à pas; i'ose dire qu'encore que Ronſard ſe fuſt principalement propoſé les Latins, & les Grecs à imiter, ſi eſt-ce qu'il s'eſtoit encore rendu fort familiers les ouurages des Poëtes Italiens modernes. Ce qui eſt ſi vray, que Muret rapporte quantité de leurs Vers que Ronſard auoit imitez. Et puis i'ay encore dans mon Cabinet les Rimes diuerſes du Cardinal Bembo, marquées de la propre main de Ronſard, & les pieces qu'il auoit imitées, ou qu'il s'eſtoit propoſé d'imiter, ou de traduire.

Des Sonnets licẽtieux, & libertins.

11. Par ce que i'ay dit cy-deſſus que le Sonnet doit eſtre compoſé de deux Quatrains vniformes, c'eſt à dire de deux rimes ſeulement; il n'y a perſonne qui ne iuge que ceux qui violent touſjours cette regle preſcrite par les anciens Maiſtres de l'Art, compoſent des Sonnets que l'on peut iuſtement appeller Sonnets irreguliers, licentieux, ou libertins. Ie mets en ce rang preſque tous les Sonnets de noſtre illuſtre Confrere

Académicien François Mainard, la plusſpart deſquels ſont compoſez de deux Quatrains, qui ſemblent auoir touſjours enſemble vne guerre eternelle, puis qu'ils ne s'accordent iamais dans l'vnion des rimes, & qu'ils riment touſjours diuerſement, & comme en dépit l'vn de l'autre. Ie m'en ſuis quelquesfois plaint à luy-meſme. Mais pour toute raiſon il n'en alleguoit que deux; la premiere, que Malherbe auoit fait la meſme choſe; & la ſeconde, que la rime eſtant d'elle-meſme ſi difficile, c'eſtoit vne eſpece de tyrannie de la vouloir doubler dans le Sonnet, qui luy ſembloit plus libre & plus beau ſans cette ſeuere contrainte. Mais ie réponds, que parmy les Sonnets de Malherbe, n'y en ayant peut-eſtre qu'vn, ou deux, où il ſe ſoit diſpenſé de cette regle ſi eſſentielle, & ſi neceſſaire; cette vnique licence n'eſtoit pas capable de ruiner vne loy ſi conſiderable, & ſi ponctuellement obſeruée de tout temps par les François, & par les estrangers, pour en establir vne autre nouuelle. A quoy Mainard pouuoit bien, ce me semble, adjouster qu'il s'en trouue encore plusieurs auecque cette mesme licence, parmy les Sonnets de Iean Antoine de Baif pour sa chere Francine. Témoin le 13. Sonnet du second Liure, qui commence ainsi.

Bien que la pasle peste à Poitiers endommage.

Que le 14. le 15. le 17. le 19. & plusieurs autres encore, ont ce mesme defaut de rime. Finalement, que Ronsard luy-mesme, tout exact qu'il estoit en ce poinct, y estoit tombé, peut-estre sans y penser, dans quelques-vns de ses Sonnets, comme dans celuy qu'il adresse à Amadis Iamin.

Trois temps, Iamin, icy-bas ont naissance.

Quant à ce qui est de la difficulté de la rime, ce ne doit point estre vn empeschement legitime à vn bel Esprit, puis qu'il est vray de dire, que tout homme qui escrit, escrit pour sa propre

pre gloire ; & que la gloire estant vn tresor fort rare & fort difficile à acquerir, il faut beaucoup trauailler pour paruenir à cette noble & precieuse acquisition. Et puis les belles roses du Parnasse ne se cueillent gueres sans espines. Ainsi Mainard ayant tort de se flater de ces raisons apparentes & spécieuses, ses Manes me pardonneront, s'il leur plaist, si i'appelle cette sorte de Vers, Epigrammes, plustost que Sonnets, puis qu'ils n'en ont pas le caractere specifique. Et en effet, l'oreille est tellement accoustumée à l'agreable cadance vnisonne des deux Quatrains du Sonnet, que les moins intelligens dans nostre Art y trouuent insensiblement quelque-chose à dire quand ce defaut s'y rencontre. Aussi est-ce pour cela que cette sorte de Sonnets libertins, ont esté si iustement condamnez de tout le Parnasse intelligent & raffiné, comme le remarque agreablement Paul Pelisson dans sa belle Histoire de l'Acad. Françoise.

Quelques-vns se sont bien encore licentiez dauantage dans la rime du Sonnet, comme ie l'ay reconnu parmy ceux de Ioachim du Bellay, où il s'en rencontre vn de deux rimes seulement. Il commence ainsi.

Dieu qui chãgeant auec l'obscure mort
Ta bien heureuse, & immortelle vie.

Car l'Autheur se ioüe iusques à la fin sur ces deux paroles, *vie*, & *mort*, dont il fait ses seules rimes.

D'vn Sonnet irregulier & licentieux de l'Autheur.

12. Cette licence me fait souuenir d'vne autre que ie pris autrefois moy mesme dans vn Sonnet pour vne belle fille, que i'ay tant celebrée sous le nom de Claudine, & que par mes Vers i'ay tasché d'égaler aux Cassandres, aux Cleonices, aux Calistes, & à toutes ces autres Dames illustres que nos plus excellens Poëtes ont si hautement chantées, puisque celle-cy ne leur cedoit point en vertu, ny peut-estre en beauté mesme. On m'annonça les tristes nouuelles de sa mort, qui pourtant se trouuerent fausses. Es dans l'estourdissement où

i'estois, ie composay sur le champ vn Sonnet, où comme si i'eusse perdu le sens & la raison, & mesme le souuenir de nos regles, en perdant vne personne qui m'estoit si chere, il ne me souuint pas seulement d'entrelasser mes Vers, & de croiser mes rimes ; si bien que pensant faire vn veritable Sonnet, ie ne fis qu'vne simple Elegie de quatorze Vers. Aussi le relisant depuis, & reconnoissant mon erreur, ie luy donnay pour titre, Desordre d'esprit, Sonnet dereglé. Tel qu'il est, on le peut voir parmy beaucoup d'autres meilleurs que i'ay faits autrefois pour cette aimable personne, qui est à present ma chere & legitime Espouse. poësies diuerses, p. 360.

Il y a bien eû d'autres Poëtes qui ont fait pis encore que Mainard, que Ronsard, que Baif, & que moy ; puis que parmy les Sonnets amoureux de Ioachim du Bellay pour Oliue, i'en trouue dont tous les Vers courent à toute bride comme des cheuaux eschappez, & n'ont aucune alliance de rime l'vn auecque l'autre. Témoin celuy-cy.

Arriere, arriere, ô meschant populaire,
O que ie hais ce faux peuple ignorant!
Doctes Esprits, fauorisez les Vers
Que veut chanter l'humble Prestre des Muses.

Et le reste, qui est tout à fait sans grace & sans beauté. En quoy certes il paroist bien que la rime est vn grand & necessaire ornement de nostre Poësie. Aussi ne fut-ce sans doute qu'vn essay, ou qu'vn petit jeu d'esprit de ce bel Esprit de son temps. I'en ay encore rencontré quelques autres de mesme trempe parmy ceux de Iean Antoine de Baif, qui n'en sont pas à estimer dauantage. Ce que ces deux fameux Poëtes auoient peut-estre fait à l'exemple de Ronsard, qui auoit composé en sa ieunesse des Odes non rimées, qu'il condamna depuis luy-mesme.

Des Sonets boiteux ou estropiez.

13. Il y a eu encore d'autres Poëtes, qui dans l'obseruation de la rime du Sonnet, se sont aduisez d'accour-

cir, & s'il faut ainsi dire, d'estropier vn Sonnet, par vn Vers inégal, & plus court que les autres. Honorat de Racan, dont le nom est assez connu sur le Parnasse, est parmy nous vn des premiers qui l'a hazardé dans vn Sonnet, dont voicy la fin. C'est sur la maladie d'vne Dame.

O Iuges souuerains qui présidez sur nous,
Si de sa cruauté i'ay demandé vengeance,
Pourquoy m'exauciez-vous?

I'en fis vn en mesme temps sur le sujet d'vne belle Fille recluse. Il finit ainsi.

Il faut que mon desir se mesure au deuoir,
Et que i'aime Doris comme vn Dieu qu'on adore,
Mais que l'on ne peut voir.

Cette nouueauté ne déplût pas aux beaux Esprits de nostre temps, & de Malherbe mesme, que ie fis rire vn iour, lors que m'entretenant auecque luy sur ce sujet, ie luy dis que parmy tant d'enfans que i'auois fait voir assez droits, il m'estoit arriué d'en faire seulement vn boiteux. Si bien que cette sorte de Sonnets furēt deslors appellez boiteux, ou rompus, ou qui clochent d'vn pied. Depuis cela i'ay remarqué que quelques Poëtes Italiens auoient fait la mesme chose dans des Sonnets de raillerie & de style burlesque, comme on en rencontre quelques-vns parmy les Sonnets de Pierre Aretin. Les Espagnols mesmes, tout concertez & reglez qu'ils veulent paroistre en tout, se sont quelquefois eschappez de ce costé là, comme on le peut voir dans leur Garcilasso, & dans leur Lope de Vega mesme.

Des Sōnets rapportez.

14. Ie ne parleray point icy des Sonnets continus, des Sonnets doubles, des Sonnets à queuë, des Sonnets enchaisnez, retrogrades, septenaires, par repetition, & autres, dont parle l'Apolon Italien & Espagnol, & dont Antonio Tempo a fait vn Traitté exprés, puis qu'ils ne sont

plus gueres en vſage parmy les Eſpagnols, & moins encore parmy les Italiens. Et puis ce ſont des ouurages inconnus, & non prattiquez par nos François. Ie diray ſeulement que dans la diuerſe & frequente lecture de nos Poëtes, i'ay rencontré pluſieurs Sonnets qu'ils appellent Sonnets rapportez; moûlez ſur ce fameux diſtiche rapporté fait en faueur des œuures de Virgile.

Paſtor, arator, eques, paui, colui, ſuperaui,
Capras, rus, hoſtes, fronde, ligone, manu.

Traduit aſſez durement ainſi par Eſtienne Paſquier.

Paſtre, fermier, ſoldat, ie pais, laboure, vaincs,
Troupeaux, champs, ennemis, d'herbe, charruë, mains.

François Tabourot Official de Langres, le traduiſit ainſi miraculeuſement, du moins s'il en faut croire ſon Neueu dans ſon Liure des Bigarures.

Pastre, laboureur, Duc, i'ay peu, besché, soumis,
De rains, de pic, de mains, chevres champs, ennemis.

Et les Freres Cheualiers qui traduisirent tout Virgile en Vers, rendirent ainsi ce mesme distiche en nostre langue.

Pasteur, rustic, guerrier, i'ay peu, besché, mis bas,
Chevres, champs, ennemis, de feüille, houë, & bras.

Et ce fut sansdoute à l'exemple, & sur le modele de ce distiche Latin qu'en l'an 1553. Estienne Iodelle Parisien, fut le premier de nos François qui pour regaler les premieres œuures Poëtiques d'Oliuier de Magny, composa ce distiche rapporté.

Phebus, Amour, Cypris, veut sauuer, nourir, & orner,
Tes Vers, & chef- d'vmbre, de flame, de fleurs.

Distiche que tout son siecle fit passer pour vn petit chef-d'œuure. Et comme Iodelle fut le premier de nos

François qui fit de ces distiches en Vers rapportez, Ioachim du Bellay fut le premier parmy nous qui à l'exemple de Iodelle, ou plustost des anciens Romains, composa vne Epigramme Pastorale de 24. Vers rapportez, & ingenieusement conduits iusques à la fin. Elle commence,

Vn Berger, vn Chevrier, & vn Bouuier venus
De Sicile, de Thebe, & de Smyrne connus.

Le premier donc qui sur cet antique modele introduisit parmy nous le Sonnet rapporté, ce fut le mesme Ioachim du Bellay dans ses Amours d'Oliue, où il dit ainsi.

Fasse le Ciel, quand il voudra, reuiure
Lisippe, Apelle, Homere, qui le prix
Ont remporté sur tous humains Esprits,
En la statuë, au tableau, & au liure.

Et le reste, que l'on peut voir dans ses propres œuures, & dans les Recherches de la France d'Estienne Pasquier, qui dans vne de ces Lettres L.7 c.15
soustient que ce Sonnet est vne pure L.8 c.13

traduction de l'Italien ; ce que l'Autheur des Bigarures n'a pas mesme oublié. Quoy qu'il en soit, il s'en rencontre encore vn de cette nature
to.1.p.20. dans la Cassandre de Ronsard, qui commence ainsi.

Le Destin veut qu'en mon ame demeure
L'œil, & la main, & le poil delié,
Qui m'ont si fort brulé, serré, lié,
Qu'ars, pris, lassé, par eux faut que ie meure.

Surquoy le Commentateur, qui est le docte Muret, dit que ce Sonnet est vn de ceux qu'on appelle aujourd'huy rapportez, & que les Anciens appelloient cette figure *Paria paribus reddita*. Où en passant on peut remarquer que ce mot *d'aujourd'huy* témoigne assez clairement que cette sorte de Sonnets rapportez ne commençoient qu'alors d'estre en vsage.

Estienne Iodelle Parisien, qui pensoit que rien ne luy estoit impossible, dans quelque sujet que ce fût, en fit encore à l'exemple de ceux-là. La

Maiſtreſſe qu'il s'eſtoit donnée portoit le nom de Diane, que les anciens appelloient la Lune au Ciel, Diane dans les Foreſts, & Proſerpine dans les Enfers. Et ſur ces trois Puiſſances il compoſa ce Sonnet que l'on peut voir entier dans ſes Amours de Diane.

Des Aſtres, des Foreſts, & d'Achéron l'honneur,
Diane au monde haut, moyen, & bas préſide,
Et ſes cheuaux, ſes chiens, ſes Eumenides guide,
Pour éclairer, chaſſer, donner mort, & horreur, &c.

Pierre Tamiſier Preſident en l'Election de Maſcon, compoſa ſur vn Guerrier ſeditieux & meſchant, celuy-cy, qui n'eſt pas du tout ſi meſchant que ſon ſujet, puis qu'il eſt raporté depuis le commencement juſques à la fin.

De fer, de feu, de ſang, Mars, Vulcan, Tiſiphone,
Baſtit, forgea, remplit, l'ame, le cœur, la main,

Du meurtrier, du tyran, du cruel inhumain,
Qui meurtrit, brule, & perd, la Françoise Couronne.
D'vn Scythe, d'vn Cyclope, & d'vn fier Lestrigone,
La cruauté, l'ardeur, & la sanglante faim,
Qui l'ameine, l'échauffe, & conduit son dessein,
Rien que fer, rien que feu, rien que sang ne resonne.
Qu'il puisse par le fer cruellement mourir,
Ou par le feu du Ciel horriblement périr,
Et voir du sang des siens la terre estre arrosée.
Soit roüillé, soit esteint, soit seché par la paix,
Le fer, le feu, le sang, cruel, ardant, espais,
Qui meurtrit, brule, & perd la France diuisée.

Le mesme Tamisier en composa encore vn autre sur les premieres œuures de Sceuole de Sainte Marthe, imprimées à Paris l'an 1569. Il commence ainsi.

De Dieu, du Ciel, des mœurs, de Vertu, de Nature,
L'humeur, le cours, la loy, le chemin, le secret,
Reluit, se voit, s'apprend, se découure, est extrait,
En ce beau Zodiac, digne de sa leEture.

Quelques Autheurs diuers en composerent plusieurs autres à l'exemple de ceux-là, dont le secret consiste à déduire clairement, & par ordre, les diuers rapports qu'il y a dans la suite des sujets proposez. Ce qui se iustifie bien mieux par les exemples, que par les paroles.

François d'Amboise Maistre des Requestes de l'Hostel du Roy, en composa vn sur la mort du Roy Charles IX. son Maistre, dont voicy le premier Quatrain.

I'ay gardé, i'ay semé, i'ay porté, i'ay sceu faire

A mon Dieu, à ma Mere, au monde, à mes subjets,
La foy, l'obeïssance, & mon los, & la paix,
Tres-Chrestien, humble Fils, Roy iuste, & debonnaire.

Et le reste, qui est contraint au possible, & que l'on peut voir dans les Muses Françoises ralliées. C'est là qu'on en peut lire encore vn de la façon d'Honorat de Porcheres pour le Roy Henry IV. Il commence.

La Grandeur, & l'Amour, le destin, la victoire
D'vn Dieu, d'vne Beauté, du Ciel, & des Soldarts,
Conduise, enflâme, anime, & pousse en mille parts
Tes pas, ton cœur, ton ame, & ta vertu notoire.

Et le reste, qui est assez naturel, & assez heureusement conduit iusques à la fin.

Des Sónets Acrostiches, *Mesostiches,* & autres-*Sēblab.*

Aprés tout, ie ne croy pas que nostre Poësie Françoise en soit beaucoup plus heureuse, ny plus riche, upuis que c'est vn trauail fort laborieux, & qui n'est pas de grande edification ; non plus que les Sonnets acrostiches, mesostiches, en lozanges, en croix de S. André, & autres figures grotesques, dont on peut voir le veritable modele dans les Escrits alambiquez de Rabanus Maurus. Ainsi l'on peut dire des Autheurs qui ne s'appliquent qu'à ce genre de Sonnets,

Qu'ils sont imitateurs de l'Araigne qui file,
D'vn art laborieux, vne toile inutile.

Du Bartas.

15. Il y a vne autre sorte de Sonnets dont la structure est bien plus penible, & s'il le faut dire, bien plus bizarre, & plus inutile encore que l'autre. Ce sont des Sonnets retournez, dont Pasquier fait mention dans ses Recherches de la France, & dans ses Lettres meslées. Il appelle Sonnets retournez, vn certain genre de Vers qui ont vn sens tout contraire, quand on les préd par la fin, & qu'on

Des Sonnets retournez.

L. 6. c. 14.

les retourne & qu'on les conduit iusques à leur commencement. Et là-dessus il donne vn exemple des siens qui commence ainsi.

Ton ris, non ton caquet, ta beauté, non ton fard.

Et dans le retour,

Ton fard, non ta beauté, ton caquet, non ton ris.

Et le reste, que l'on peut voir dans l'original, où il dit, que Remy Belleau luy auoit autrefois communiqué trois Sonnets de sa façon, tracez sur cet exemplaire. Mais comme ie ne les trouue point dans ses œuures publiées, il y a bien de l'apparence que ce Poëte, qui estoit fort iudicieux, les iugea indignes de la lumiere du iour. Et sans doute que tous ces Sonnets retournez prirent leur origine de certains autres Vers Latins qu'ils appellent retrogrades. Le premier qui fit des Vers de cette sorte, fut Sidonius Apollinaris Euesque de Clermont en Auuergne, comme on le peut voir dans ses Epistres, *Lib. 9. Ep. 14.*

où il les appelle, *Versus recurrentes, id est qui metro stante neque literis loco motis vt ab exordio ad terminum sic à fine releguntur ad summum.* Et c'est là qu'il rapporte pour exemple ce Vers si connu, & si estimé dans la poussiere de l'Escole.

Roma tibi subitò motibus ibit amor.

Et cet autre encore de méme trempe,

Sole medere pede, ede perede melos,

que tant d'autres ont depuis si malheureusement imité. Mais ce que ceux-cy auoient retourné dans le mesme sens, ces autres les composerent de telle sorte, qu'en les retournant mot à mot, on y rencontroit, comme i'ay dit, vn sens tout contraire. Témoin encore celuy-cy d'Estienne Pasquier, qui me semble fort ingenieux dans la réuolution des mots entiers. C'est vn Dialogue d'vn Catholique, & d'vn Huguenot. Le Catholique dit,

Patrum dicta probo, nec sacris belligerabo.

Et le Huguenot luy répond auecque

ces mesmes mots, mais dans vn sentiment tout contraire.

Belligerabo sacris, nec probo dicta patrum.

Des Sõnets serpentins.

16. Ie trouue encore vne autre sorte de Sonnéts que l'on peut nommer serpentins, ou de serpent, *Anguineos versus*, à l'exemple de ceux dont Paul Ioue fait mention dans l'Eloge de Lancinus Curtius; pource qu'à l'imitation du Serpent, ils semblent tout à fait retourner en eux-mesmes, & finir par où ils ont commencé. Ceux-cy, quoy qu'en die ce mesme Autheur qui les condamne assez seuerement, ont à mon gré ie ne sçay quoy d'agreable qui se sent de l'ancien Rondeau François, ou de l'antique Triolet. Et mesme pour remonter encore plus haut, ie croy que c'est vne pure imitation de quelques Phaleuces, & de quelques Epigrammes de nos bons & vieux Poëtes Latins. Ainsi le Mamurra de Catulle commence & finit par ce Vers.

Pulchrè conuenit improbis Cinædis.

Ainsi le mesme Poëte parlant à soy-mesme contre Struma & Vatinius, repete ce Vers au commencement & à la fin de son Epigramme.

Quid est Catulle quod moraris emori?

Il fait la mesme chose dans ses Vers contre les Annales de Volusius.

Annales Volusi, cacata charta, &c.

Le Poëte Martial l'imita depuis dans plusieurs de ses Epigrammes, témoin celle-cy.

Ohe iam satis est, ohe libelle, &c.

Et dans celle qu'il fit sur la mort d'vn Passereau.

O factum male, ô miselle passer.

Iacques Pontan fait mention de cette sorte de Vers en vn endroit où il parle de l'Epigramme. Et aprés luy nostre docte Nicolas Mercier en donne quelques exemples tirez de nos anciens Poëtes dans sa nouuelle Dissertation, *de conscribendo Epigrammate*. Mais ce que ces grands Genies de l'antiquité, & ce que d'autres Poëtes Latins de nostre temps

Instit. Poët. lib.

ont fait à leur exemple dans leurs Phaleuces, ou Hendecaſſyllabes, & dans quelques-vnes de leurs Epigrammes, i'ay obſerué que quelques-vns de nos Poëtes François l'ont prattiqué dans leurs Sonnets. Ainſi Ioachim du Bellay dans ſes Regrets de Rome, commence vn Sonnet par ce Vers,

Si tu veux viure en Cour, d'Illiers, ſouuienne toy.

Et le finit par celuy-cy, qui dit la meſme choſe,

T'en ſouuienne, d'Illiers, ſi tu veux viure en Cour.

Ainſi vn de mes doctes Amis, dont le nom eſt fort connu, & fort eſtimé, par ſes eloquentes actions publiques, en a compoſé quelques-vns de cette ſorte, qui ne déplairont pas aux Curieux, s'il luy prend enuie de les publier vn iour.

Il paroiſt bien par tout ce que i'ay dit cy-deſſus, que nos François ſe ſont infiniment plûs à compoſer des Sonnets, qui ſont à mon gré les plus agreables, & les plus ingenieux de tous nos petits Poëmes; Iusques là mesme que Thomas Sibyllet parlant du Rondeau, & de l'Epigramme, dit, que l'Epigramme & le Sonnet sont les Poëmes de premier prix entre les petits. Aussi comme il y a fort peu de nos Poëtes qui n'ayent essayé d'en faire de bons, il ne s'en trouue que trop qui nous en ont donné de mauuais, de plats, & de rampans, & mesme de ridicules. Ce qui obligea sans doute Edoard du Monin de s'en railler en quelque façon dans son Poëme Philosophique, où il les appelle assez rustiquement,

Ces Sonneteurs François.

17. Mais comme si le Sonnet n'estoit pas capable de se faire entendre de soy-mesme sans adjonction, il aduint qu'au commencement de ce siecle, ou plustost sur la fin de l'autre, Pierre Dauity de Tournon s'aduisa de composer deux Liures de Sonnets sous ce nouueau titre, *Sonnets nuds, Sonnets reuestus.* Il appelloit Sonnets

Des Sõnets nuds & reuestus.

nuds ceux qu'il laissoit aller nuëmét & simplement, comme ils estoient venus au monde. Et les autres reuestus, sur ce que l'Autheur luy-mesme les trouuant si froids à leur naissance, il iugea necessaire de les reuestir, & de les accompagner d'vne Prose, qui couuroit, disoit-il, leur peau naturelle d'vn habillement artificiel. Cela s'appelle vn pur caprice de l'esprit d'vn homme, qui témoigna bien depuis aux Sçauans les grandes lumieres qu'il s'estoit acquises dans l'Histoire Chronologique de tous les siecles, & de tous les Estats du Monde. Et par là ie donne assez à connoistre que ces Sonnets ne sont pas des ouurages si considerables sur le Parnasse, que Loüis Dorleans croyoit ceux de Iacques de Billy, Abbé de S. Michel en l'herm, sur plusieurs matieres spirituelles. Du moins ce mesme Dorleans, qui n'estoit pas mauuais Poëte luy mesme, en fit tant d'estat dans la Préface de ses Quatrains Moraux, que cela peut faire naistre l'enuie aux intelligens de les chercher, & de les lire. Mais, à dire vray, ce n'est pas là qu'il faut chercher la douceur, & la pureté de nostre langue, ny la clarté mesme. Car encore que l'Autheur eust luy-mesme pris le soin d'en éclaircir les matieres par des Commentaires en Prose, si est-ce qu'à mon aduis le Lecteur y trouuera beaucoup plus de doctrine, que de grace, & de clarté.

18. Ce ne sont pas là certes les premiers Sonnets que i'ay veu commentez en nostre langue; puisque, comme i'ay dit, Marc Antoine de Muret, Remy Belleau, & Nicolas Richelet, prirent à tasche de commenter ceux de Pierre de Ronsard. N. le Brun, Bauiollois, prit aussi vn soin merueilleux à commenter de certains Sonnets heroïques, que Iean Godard, Parisien, auoit composez sur le sujet des glorieuses victoires de nostre Roy Henry IV. & que l'Autheur appelloit les Trophées de

Des Sõnets commentez.

ce grand Monarque, imprimez à Lyon l'an 1590. & de qui la lecture ne m'a pas autrefois esté desagreable. Adrien de la Morliere, Chanoine de Nostre-Dame d'Amiens, publia depuis ses diuers Sonnets, auec vn Commentaire, qui est vne espece de glose aussi rude, & aussi tenebreuse que le texte. En quoy ie le trouue bien éloigné du merite de ces beaux Esprits d'Italie, qui commenterent si noblement les beaux Sonnets de Petrarque pour la belle Laure, entre lesquels i'estime si fort Giouan Batista Gelli, que ie souhaiterois pour l'honneur des belles Lettres, qu'il les eust tous commentez. Mais comme les Italiens ont vn esprit à se plaire à cette sorte d'estude qu'ils appellent vn veritable exercice Academique, ie trouue qu'ils ont commenté plusieurs Sonnets de reputation de leurs plus excellens Poëtes, comme de Torquato Tasso, de Petro Bembo, de Iacques Sannazar, de Ioannes Casa, de Trissini, de de Seraphin, & de plusieurs autres, qui par ce moyen ont veu leurs œuures en grande veneration parmy les peuples. Et ie souhaiterois à ce propos que cette sorte de trauail passast encore parmy nous pour vn de nos exercices Academiques. Il y auroit sans doute beaucoup d'honneur à acquerir pour celuy qui parleroit, & possible encore beaucoup de profit à faire pour ceux qui l'escouteroient, pour intelligens, & pour habiles qu'ils pûssent estre.

Mais comme ces Commentaires de Sonnets n'auoient guere pour objet que la loüange de leur Autheur, il s'en est trouué dans l'Empire des Lettres, qui ont en recompense assez fourny de matiere à la plus seuere critique. Et là dessus il ne faut que lire le Quintil Censeur sur les Sonnets de l'Oliue de Ioachim du Bellay. Car c'est là qu'vn Autheur Anonyme, & que i'ay nommé ailleurs, prend à tasche de décrier cet excellent Poëte. Mais aprés tout, les coups ne firent que blanchir, puis que sa reputation n'en fut pas moins éclatante. Et si ce fut vn trait de mépris, on peut dire que ce ne fut qu'vn de ces petits traits dont parle Virgile.

Telum imbelle sine Ictu.

Des Sõnets Fran-çois traduits en La-tin.

19. On n'a donc pas seulement commenté, ny censuré mesmes des Sonnets en nostre langue, on les a fait parler encore des langues estrangeres. Et pour le iustifier, Loüis Aleaume, Poëte Latin, traduisit quatre ou cinq Sonnets de Guy du Faur de Pybrac, qu'on lit encore auecque plaisir dans les œuures Latines du mesme Aleaume, imprimées à Paris. Iean Dorat, qui estoit comme le Pere des bons Poëtes de son temps, traduisit en langue Latine plusieurs Sonnets des Amours de Ronsard, comme on le voit dans leurs œuures. Le mesme Iean Dorat, & Florent Chrestien, traduisirent encore en Latin plusieurs Sonnets de Iacques Greuin de Cler-

mont en Beauuaisis, comme on le voit sur la fin de ses Amours d'Olympe. Paul Thomas d'Angoulesme traduisit aussi en vers Latins hendecasyllabes vn des Sonnets amoureux de Remy Belleau, qu'il fit parler ainsi.

Iàm idm te teneo fugax proterua.

Et le reste, que l'on peut voir dans les premieres œuures de ce sçauant Poëte Angoulmoisin, imprimées l'an 1593. Le mesme Remy Belleau voulut bien encore luy-mesme estre son Intreprete, lors qu'il prit le soin de traduire en langue Latine plusieurs de ses Sonnets François, témoin celuy qui commence,

Mouches qui maçonnez les voûtes encirées
De vos Palais dorez, &c.

Et en Latin,

Arte laboratas doctæ componere cellas
Florilegæ volucres, &c.

Sceuole de Sainte Marthe traduisit en Vers Latins vn Sonnet, que le mesme Belleau adressoit à la Lune.

Ignipotens Phœbe, umbriferæ vaga filia noctis
Et lata & pando conspicienda sinu.

Le François commence ainsi.

Lune, porte-flambeau, seule fille heritiere
Des ombres de la nuit au long & large sein, &c.

Le mesme Sainte Marthe traduisit encore élegamment vn Sonnet que Ronsard addressoit à Estienne Iodelle Poëte tragique.

Scilicet haud alio debebas littere nasci
Iodeli ætatis gloria magnæ tuæ, &c.

Roland de Betolaud, Iurisconsulte Poiteuin, & mesme assez bon Poëte, traduisit en Vers Latins, & presque Vers pour Vers, vn certain Sonnet que Ronsard auoit adressé à Iean Dorat son Maistre, qui commence,

Escoute, mon Dorat, la terre n'est pas digne.

Et en Latin,

Aurate usque adeo præstans non terra meretur
Post tua fata tuum putrefacta absumere corpus.

Et le reste, que l'on peut voir dans le Recueil des Poësies du mesme Betholaud, imprimées à Paris l'an 1575.

Il traduisit encore en langue Latine quelques autres Sonnets du mesme Ronsard, comme celuy-cy, qui sert de préface à ses Amours de Cassandre.

Diuines Sœurs, qui sur les riues molles vœu.
De Castalie, & sur le mont natal, &c.

Et en Latin,

Diuæ Castalides, quæ Eurotæ littore molli
Vertice natali, &c.

Comme cet autre encore.

Nature ornant Cassandre qui deuoit to. 1. p. 2.
De sa douceur forcer les plus rebelles, &c.

Et le Latin dit ainsi.

Natura illustrem decorans heroïda, mentes,
Miti victuram morum candore feroces, &c.

Et cet autre encore si fameux.

Ie ne suis point, ma guerriere Cassãdre, to. 1. p. 4.

Ny Mirmidon, ny Dolope soudart, &c.

Et en Latin en autant de Vers heureusement rendus.

Non sum, bellatrix Cassandra, è gente feroci
Mirmidonum Dolopum ve aut duri miles Vlyssis
Non ille arcitenens cuius lethalis arundo
Occidit fratremque tuum ambustamque redegit
Trojanam in cineres ac totam perdidit ignem.

Et le reste, que l'on peut voir dans l'original. Mesme ce premier Sonnet de Ronsard pour Cassandre, n'y est pas oublié.

to. 1. p. 1. *Qui voudra voir comme Amour me surmonte,*
Comme il m'assaut, comme il se rend vainqueur:

Car en voilà le commencement en petits Vers Latins.

Qui videre volet, Deus proteruus
Vt petat superetque me vicissim
Cor meumque nouo calens ab igni,

Rursus vt glaciet gelu rigenti
Meo ex dedecore decus reportet, &c.

C'eſt là que l'on en peut voir quelques autres encore tirez d'autres originaux que ie paſſe icy ſous ſilence, pour exciter d'autant plus les Curieux à les conſulter, puis qu'ils en valent bien la peine.

Et de noſtre temps, vn nommé G. le Gay, Bourdelois, traduiſit en Vers diſtiches Latins vn Sonnet que Malherbe auoit composé en l'honneur du grand Cardinal de Richelieu; & le fit imprimer auec quelques autres Poëſies diuerſes. Cet excellent Poëte d'Italie, Iacques Camola, aprés auoir traduit en beaux Vers Italiens mon Poëme du Triomphe des Muſes, me fit encore l'honneur de traduire en Vers Latins vn Sonnet que i'auois fait ſur les Epitres de Socrate, publiées par le docte Leo Allatius. Et meſme, afin de rendre honneur pour honneur, parmy tant d'autres Vers de ma façon que le R. Pere Nicolai, Dominiquain, a traduits en Vers Grecs & Latins, il ne dédaigna pas de traduire encore vn Sonnet dont i'auois accompagné le beau Liure des Triomphes de Loüis le Iuste. Ce que ie ne dis point icy par vn sentiment d'orgueil & de vanité, mais par vn pur mouuement de reconnoissance. Quelque temps auparauant le R. Pere Henry Aubery, docte Iesuite, auoit mis en langue Latine vn Sonnet que i'auois composé l'an 1646. sur la prise de la Ville de Courtray en Flandre, & fut imprimé dés ce temps là. Comme depuis encore il prit plaisir de traduire en beaux Vers Latins deux beaux Sonnets que cet illustre Autheur du Poëme de la Pucelle, Iean Chappelain, auoit faits sur le fameux passage de Monsieur de Longueuille sur le Rhin, & sur vne fâcheuse fieure dont ce mesme Prince fut depuis si cruellement assailly.

Le docte Conseiller Doliue, du Mesnil, Sainblancat Tholosain, & le Clerc d'Alby, traduisirent encore quelques autres Sonnets du mesme Autheur en Vers Latins elegans, que ie communiqueray aux Curieux des belles choses, quand il leur plaira, auecque la mesme franchise que ce fameux Poëte heroïque me les a depuis peu communiquez.

Finalement Antoine de Mets, Professeur en Rhetorique de l'Vniuersité de Paris, aprés auoir traduit en beaux Vers Latins mon Poëme du Banquet des Poëtes, prit encore le soin de traduire Vers pour Vers vn Sonnet que François Colletet mon fils auoit composé sur les belles eaux de nos fontaines de Rungis. Et depuis peu de iours les Muses naissantes du ieune Cadot ont encore traduit vn Sonnet de mon fils pour la Reyne de Suede.

Des Sõnets Latins rimez.

20. I'adjouste à ces petites obseruations vne chose qui peut en quelque sorte surprendre mon Lecteur. C'est que ie n'ay pas veu seulement des Sonnets François trauestis en Latin, i'ay veu encore des Sonnets pure-

ment Latins rimez à la Françoise, auecque le mesme nombre de Vers, les mesmes poses, & les mesmes cadances. Le sçauant Hollandois Hugo Grotius peut estre en cela mon fidele Garand, puis que l'on en voit vn agreable eschantillon de sa façon mesme, au frontispice des Tragedies de Seneque commentées par Thomas Farnabius. Mais quelque ingenieux que fust ce fameux Hollandois, ie puis dire auec verité qu'il ne fut pas le premier inuenteur de ces Sonnets Latins rimez, puis qu'il me souuient d'en auoir autresfois leu plusieurs semblables dans vn gros volume d'Epigrammes de Lancinus Curtius, imprimées à Milan dés l'an 1521. Témoin le Sonnet qui commence ainsi.

Infelix venerem quietis ergo
Dum quæro rapit illa corda quantæ
Menti credita maceratque flante
Vento turbine spē spē cadente mergo,
Iam par æthere pendeoque mergo, &c.

Et cet autre du mesme Autheur.

Tandem Diua animũ Dea alma placa
Quid curti mea monychina clade
Gaudes? subditus est tibi, ergo qua de
Causa? seruulo es aspra luce opaca.

Et le reste, qui est vn peu dur & raboteux. Aussi n'est ce pas l'ouurage d'vn fort excellent Poëte.

21 Mais ie ne puis m'empescher de rapporter encore icy vne chose qui ne m'a pas autresfois moins surpris. C'est que Remy Belleau, qui estoit vn des plus excellens, & des plus reguliers Poëtes de son siecle, dans ses Commentaires sur les secondes Amours de Pierre de Ronsard, confond souuent le Madrigal auecque le Sonnet, comme sur ce Madrigal, qui commence, to. 1. 278.

Des Sõnets de plus, ou de moins de quatorze Vers.

Mon docte Pelletier, le temps leger s'enfuit.

Il dit que l'Autheur adresse ce Sonnet à Iacques Pelletier du Mans, quoy qu'en effet ce soit vn Madrigal de seize Vers Alexandrins, & non pas vn Sonnet de quatorze Vers. Et en commentant encore le Madrigal precedent, il dit en termes exprés, que ce Sonnet eſt fort aiſé à entendre. N'eſt-ce point qu'il a parlé en cela ſelon le ſentiment de quelques Poëtes Italiens, qui ont composé des Sonnets de quinze ou ſeize Vers, qu'Antonio Tempo appelle, *il sonnetto con ritornello*, Sonnet auec le renuoy ou la repriſe ? Ainſi Petrarque dans vn Sonnet de quatorze Vers à Senuccio, y en adjouſte encore deux qui riment enſemble en rime plate, je veux dire qui ont la meſme terminaiſon. Surquoy Senuccio encherit dans ſa réponſe à Petrarque, puis qu'il y en adjouſte quatre de la meſme meſure des autres, & de rimes diferentes. Si bien que l'on voit là vn Sonnet de dixhuit Vers. Il s'en trouue encore de meſme nature dans les œuures de Iuan Perez de Montluan, & dans les œuures de quelques autres Poëtes Eſpagnols. Nouueauté qui ſemblera fort eſtrange à ceux qui n'ont pas autrement conſulté les veritables originaux. Ce que l'Apollon Italien semble mesme approuuer en quelque sorte, lors qu'il dit, s'il reste quelque chose du sujet que l'on ne puisse enclore dans les quatorze Vers du Sonnet, l'on peut adjouster quelques Vers de plus à la fin. Aprés tout, il me semble que c'est trop estendre les limites du Sonnet, qui est tousjours d'autant plus parfait, qu'il est plus regulier.

Petrarque.

Des doubles Sõnets.

22. Mais n'est-ce pas pousser à bout le Sonnet, que de luy donner non seulement dix-huit Vers, comme ont fait ceux-là ; mais de l'estendre encore iusques au nombre de vingt-huit, comme a fait Iean de Boissiere de Montferrand en Auuergne ? Car celuy-cy n'ayant peut-estre pas l'adresse d'enclore tout ce qu'il vouloit dire dans les limites de quatorze Vers, s'aduisa de composer des Sonnets qu'il appelloit Sonnets doubles, que l'on peut voir dans ses premieres œuures imprimées à Paris l'an 1578. Et comme ce n'estoit pas vn fort ex-

cellent Poëte, cette nouueauté qui ne fit pas grande impression sur les Esprits de son siecle, n'est pas ce me semble encore aujourd'huy digne de grande consideration. Neantmoins pour contenter les Esprits qui seront curieux de sçauoir la disposition de ces doubles Sonnets, ie diray d'abord que l'Autheur choquoit en ce poinct la maxime ordinaire des Philosophes, qui disent, qu'il ne faut point multiplier les Estres, ou les choses sans necessité, *non sunt multiplicandæ entia sine necessitate.* Et puis comme si la gesne des quatre rimes des deux Quatrains du Sonnet n'estoit pas assez grande, ny peut-estre assez tyrannique, il faisoit quatre Quatrains de suite auecque les mesmes rimes; si bien qu'au lieu de quatre rimes seulement, il en employoit huit; & faisoit les deux Sixains de mesme couleur, ie veux dire tous deux en mesme rime. Ce qui estoit traisnant au possible, & à mon grè sans aucune grace.

Des demy-Sõnets

23. Et ce que ie dis de celuy-là, ie le dis encore aussi iustement d'vn autre qui ne fut pas moins bizarre. Car il me semble que ie ne dois non plus oublier icy la tentatiue que fit vn autre certain Poëte de son temps pour introduire parmy nous vn nouueau genre de Poëme, qu'il appelloit demy-Sonnet. L'Autheur de cette nouueauté fut Pierre de Laudun d'Aigaliers, de qui nous auons vn assez mauuais Poëme Epique, intitulé la Franciade. Comme il vit que le Sonnet estoit en grande vogue parmy les Curieux & les Sçauans, & mesme parmy les Dames, n'en ayant sans doute iamais sceu faire pas-vn bon, il s'aduisa de l'abreger, & de le coupper en deux, & de faire des demy-Sonnets de sept Vers seulement, diuisez en deux parties, à sçauoir, en vn Quatrain & vn Troisain, ou Tercet, dont il nous donna plusieurs exemples de sa façon. Mais comme tout cela n'estoit qu'vne pure bizarrerie d'esprit, pas-vn Poëte de son

temps ne voulut marcher ſur ſes pas; ſi bien que ſon inuention dont il ſe vantoit ſi hautement par tout, auorta dés lors entre ſes mains; & il ne ſe rencontre point de demy Sonnets ailleurs que dans ſes œuures. Aprés tout, ces ſept Vers, de la maniere qu'ils ſont diſpoſez, ne ſont pour dire vray qu'vne ſimple & ordinaire Epigramme de ſept Vers ſeulement, comme il s'en rencontre pluſieurs dans Marot, dans Saingelais, & preſque dans tous nos Poëtes Epigrammatiques.

Des Sõnets en bouts-rimez.

24. Mais ce que ce d'Aigaliers ne pût obtenir à l'entrée de ce ſiecle pour l'établiſſement, & l'vſage de ſon demy Sonnet, il eſt aduenu que de noſtre temps vn certain autre Eſprit bizarre, eut la hardieſſe, & le bonheur tout enſemble, d'introduire parmy nous vn nouueau genre de Sonnets qu'il appella bouts rimez. Ce qui a eu certes tant de ſuccez, & ce qui a tellement agreé aux plus ſages, qu'il n'y a preſque point de bon

Poëte qui n'ait essayé d'en faire par exemple, ou par diuertissement ; iusques là mesme qu'vn grand personnage de ce siecle, qui sçait ioindre auec autant de force d'esprit, que d'integrité, la Finance à la Magistrature, n'a pas dédaigné de nous en faire voir quelques-vns de sa façon, qui ont ietté de la poudre aux yeux des plus excellens. Ceux qui ont pris le soin de faire le Recueil agreable de cette sorte de Sonnets, n'y ont pas sans doute oublié les siens, puis qu'ils en sont de parfaits modeles. Mais comme les Curieux des choses nouuelles sont tousjours bien aises d'en connoistre les véritables sources, ils sçauront qu'vn certain Ecclesiastique de nostre temps, qu'on nommoit du Lot, dont la profonde méditation auoit en quelque sorte fait éuaporer l'esprit, s'aduisa de cette agreable resverie de faire des Sonnets en bouts rimez, ou plustost comme il les appelloit, des Sonnets en blanc, pour les raisons qu'on en peut voir dans la noble Préface du Poëme de la défaite des Boutsrimez, composé par Iean Sarazin, & imprimé depuis peu de iours. Et comme cet extrauagant estoit de ceux qui auoient *ingenium in numerato*, c'est à dire vne grande presence d'esprit, ie l'ay veu quelquesfois en mon logis du Fauxbourg, où nostre illustre Amy Saint Amant l'auoit introduit, en composer plusieurs sur le champ, qui nous surprirent d'autant plus, que nous luy en donnâmes toutes les rimes, & les rimes encore les plus difficiles, & les plus heteroclites dont nous pûmes nous aduiser. Ce qu'il executa tousjours si heureusement, & si bien, qu'il fit depuis naistre l'enuie à plusieurs excellens Hommes de marcher sur ses pas. Et l'on voit par là que quelquesfois vne vaine, ou meschãte cause, est capable de produire de bons & de solides effets. Il est bien vray que pour rendre témoignage à la verité, ie pourois en quelque sorte, & sans vanité mesme, m'attribuer cette inuention telle quelle, puis que dés l'an 1625. i'excitay par hazard trois de mes Amis de compoſer auec moy vn certain Sonnet ſur les quatorze rimes que ie leur donnay ſur le chãp, & qui dés lors furent aſſez heureuſement employées. I'en garde encore parmy mes papiers l'original eſcrit de la propre main des Autheurs, dont quelques-vns ſe ſont depuis ſignalez par des productions d'eſprit, éclatantes, & vtiles au public.

Des glorieuſes & ſolides recõpenſes de quelques Sõnets.

25. Comme il n'y a perſonne qui par tout ce que i'ay dit cy-deſſus, ne connoiſſe aiſément le prix, & le merite du veritable Sonnet, & meſme la difficulté d'en faire d'excellens, il eſt arriué que parfois on en a recompẽſé quelques-vns, iuſques au poinct que tout l'Empire des belles Lettres a eſté rauy, & a parlé d'vne ſi iuſte reconnoiſſance. Ce grand Poëte d'Italie, François Petrarque, de qui le nom n'eſt gueres moins connu que celuy de Virgile & d'Horace, auoit composé la premiere partie de ſes

beaux Sonnets pour la belle Laure, lors que leur reputation s'estant épandüe par tout, il eut cette ioye, & cette gloire tout ensemble, de receuoir en vn mesme iour, du Senat de Rome, & de l'Vniuersité de Paris, des lettres ciuiles & obligeantes, qui le conuioient d'aller receuoir dans ces deux grandes Villes la Couronne de Laurier qu'elles auoient décernée à son mérite. Si bien que ce ne fut pas tant pour ses autres Poëmes, dont le bruit n'estoit pas si grand, que pour ses fameux Sonnets, qu'en la presence & parmy les acclamations de tout le peuple Romain, il receût dans le Capitole la sacrée Couronne de Laurier le iour de Pasqres l'an 1341.

Tresor Chronologique de D. Romuald Fueillant, l'an 1338.

Philippes Desportes, dont le style délicat & fleury estoit les delices de la Cour du Roy Henry III. auoit composé ses premiers & diuers Sonnets pour Diane, & pour Hypolite, lors que ce Prince magnifique & bienfaisant, qui prenoit vn singulier plaisir à les lire & à les reciter, pour prendre ce tresor public à toute la France, & à toutes les autres Nations, par le moyen de l'impression, fit déliurer comptant à ce fameux Poëte des plus clairs deniers de son Espargne, la somme de trente mille liures, qui estoit vne somme assez considerable pour le temps. Particularité que i'ay apprise autresfois de la bouche de Claude Garnier Parisien, & de quelques-vns de ses Vers mesme, où il en parle de la sorte en son style vn peu vieux.

Dans sa Muse infortunée imprimée l'an 1624.

Et toutesfois Desportes,
De Charles de Valois, estant bien ieune encor,
Eut pour son Rodomont huit cent Couronnes d'or.
Ie le tiens de luy mesme, & qu'il eut de Henry,
Dont il estoit nommé le Poëte fauory,
Dix mille escus pour faire
Que ses premiers labeurs honorassent le iour
Sous la banniere claire,
Et dessous les blasons de Venus & d'Amour.

F. Ogier. Vn de nos doctes Amis toucha depuis fort agreablement cette mesme corde dans l'Apologie pour Loüis de Balzac, où parlant en faueur de son illustre Amy au grand Cardinal de Richelieu, il luy dit, que veritablement il faut du repos, & de la tranquillité, pour les grandes productions de l'esprit; que la ioye est plus éloquente que la tristesse; & que cet honneste loisir qu'vn petit nombre de Sonnets, & quelques Elegies, acquirent à Desportes, acheueroit bien tost les desseins de Balzac. Et c'est en verité ce que du temps de Henry second faisoit ce fameux Secretaire d'Estat Iean du Thier. Car dans la noble passion qu'il auoit pour la Poësie, & pour les Poëtes mesmes qui faisoient des Sonnets, il les combloit d'honneurs & de gratifications; & prenant soin de leur fortune, il trauailloit beaucoup à leur établissement; comme ie l'ay appris d'vn Poëme de Ronsard, où il luy parle en ces termes.

Tu n'es pas seulement Poëte trés-parfait;
Mais si en nostre langue vn gentil Esprit fait
Epigramme, ou Sonnet, Epistre, ou Elegie,
Tu luy as tout soudain ta faueur élargie;
Et sans le déceuoir, tu le mets en honneur
Auprés d'vn Cardinal, d'vn Prince, ou d'vn Seigneur.
Cela ne peut sortir que d'vn braue courage,
Et d'vn homme bien né. I'en ay pour témoignage
Et Salel, & tous ceux qui par les ans passez
Se sont prés du feu Roy par la Muse aduancez.

Ce que i'ay remarqué d'autant plus volontiers, qu'il semble que les plus dignes Secretaires d'Estat de nos Roys ayent tous esté en possession de fauoriser nos Muses, qui n'en ont pas aussi esté iamais ingrates.

Aprés ces paroles, &c. – aux additions à la fin du Discours de la Poësie morale.

Comme le mesme Cardinal de Richelieu, dont le nom m'est si cher, & dõt la memoire est si precieuse sur nostre Parnasse, faisoit gloire de connoistre, & de reconnoistre encore noblement, & de bonne grace, les belles productions de l'Esprit, parmi tant de beaux présens qu'il fit à nos Muses, tant Françoises qu'estrangeres, il voulut bien qu'on sceust qu'il n'y auoit point d'homme excellent dans vn Art, qui ne pust pretendre sous son grand Ministere aux recompenses solides & glorieuses. Et dans ce noble & généreux sentiment, aprés auoir hautement estimé vn Sonnet que ce fameux Poëte d'Italie, Achillini, auoit composé sur la reduction de la Rochelle en l'obeïssance du Roy Loüis XIII. il gratifia son Autheur absent d'vn present de mille escus, qu'il eut encore le soin de luy faire tenir iusques au fonds de l'Italie. Ce Sonnet commence,

Ardete fuochi à liquefar metalli,

Et le reste, que l'on peut voir dans vn

beau

beau Recueil de Vers de differens Autheurs, publié à Paris l'an 1635. ſous le titre *du Parnaſſe Royal.* Si bien qu'il ne faut pas s'eſtonner ſi nos Muſes qui floriſſoient ſous vn ſi grand Miniſtre, ont fait des efforts d'eſprit qui paſſeront à la plus longue poſterité, & qui iuſtifieront eternellement la verité de cét ancien Oracle.

Sint Mœcenates, non deérunt Flacce Marones.

On ne manquera point de Virgiles, tant qu'il y aura des Mecenes, & des ames ſemblables à celle du grand Cardinal de Richelieu. Ce n'eſt pas que noſtre ſiecle n'ait produit encore de genereux Miniſtres d'Eſtat, qui marchant ſur ſes traces glorieuſes, n'ont pas dédaigné les diuers preſens que de temps en temps ie leur ay faits de mes Sonnets heroïques; qui m'en ont donné des loüanges publiques, auecque des reconoiſſances ſolides. Mais comme i'en ay parlé en quelques autres endroits de mes Oeuures, i'apprehende que l'on n'impute à quelque trait de vanité, ce que la verité historique [illegible]oit m'obliger de repeter icy.

Mais ce que des particuliers, ou des personnes publiques ont fait en faueur du Sonnet; il est encore arriué que de temps immemorial des Communautez, & des Villes entieres luy ont fait les mesmes honneurs, puis qu'ils ont ordonné des prix à ceux qui excelleroient en ce genre de Poësie, & qui en donneroient de veritables marques. La celebre Ville de Roüen, à qui ie dois ce précieux Apollon d'argent, dont elle prit le soin de reconnoistre mon Hymne, sur la pure Conception de la Vierge; distribuë tous les ans vn Anneau d'or à celuy qui a merité le prix du meilleur Sonnet. A propos dequoy ie diray en passant que dans la reformation qui fut faite du Palinod de Roüen, suiuant le pouuoir qu'en eurent les Princes & les Confreres, par la Bulle du Pape Leon X.

donnée à Rome le 24. Mars 1520. & depuis confirmée par Arrest du Parlement de Normandie le 18. Ianvier 1597. Il fut dit & ar[illegible] par l'article 33. qu'à [illegible]duenir le Sonnet succederoit à la composition ancienne nommée le Rondeau, qui ne commença que deslors à n'estre plus en vsage sur le Puy de Roüen; ce qui authorise encore d'autant plus le merite & le prix du Sonnet. Ainsi pour reuenir à nostre sujet, la Ville de Caën, si fameuse pour son commerce, mais plus encore pour sa docte Vniuersité, fait bien voir par vne recompense solemnelle, la haute estime qu'elle fait du meilleur Sonnet qui luy est presenté dans vne belle Ceremonie qu'elle fait tous les ans en faueur des Muses, & de la Musique. Cela s'appelle exciter les beaux Esprits à bien faire, & les remplir d'vne emulation glorieuse, qui produit de précieux fruits, que l'injure du temps ne sçauroit jamais corrompre.

Quos nec imber edax, aut Aquilo impotens.
Possit diruere, aut innumerabilis
Annorum series & fuga temporum.

Et voilà tout ce que dans mes diuerses lectures, & par mes veilles assiduës, i'ay appris de l'Histoire du Sonnet. Ie le consacre à la Posterité, ie le dédie aux curieux, & aux amateurs des Muses. Et quoy que ie l'expose à la censure publique, ce n'est pourtant qu'à celle des intelligens & des raisonnables.

Non canimus surdis.
Ornari res ipsa negat contenta doceri.

G. COLLETET.

FIN.

Fautes d'impression, & Omissions.

PAge 4. ligne 22. *sonner*, lisez *sonnet*. Page 11. ligne 24. *sont*, lisez *soit*. Page 17. ligne 25. *Lorsi*, lisez *Loris*. Page 43. ligne 10. *debouche*, lisez *de boucle*. Page 77. ligne 2. *pour*, lisez *par*. Page 78. ligne 4. *fut*, lisez *furent*.

Omission.

PAge 23. ligne 24. aprés ces mots *enuiron* l'an 1199. *adjoustez*; Et mesmes pour remonter encore bien plus haut, si l'on adjouste foy à Iean le Maire de Belges, dans ses Illustrations des Gaules; & aprés luy à Ioachim du Bellay dans son Illustration de la langue Françoise, Bardus cinquiesme Roy des Gaules, fut le premier Instituteur de la Rime, & celuy qui introduisit vne Secte de

Poëtes nommez Bardes, qui chantoient melodieusement leurs Rimes auecque plusieurs instrumens, loüant les vns & blasmant les autres.

Omission.

PAge 2. ligne 22. aprés ces mots, *de plus de* 14. *Vers*, Sect. 21. adjoustez, *Des Sonnets doubles*, Sect. 22.

www.ingramcontent.com/pod-product-compliance
Ingram Content Group UK Ltd.
Pitfield, Milton Keynes, MK11 3LW, UK
UKHW021057260726
13994UKWH00002B/545